ブルーラインから、はるか

林けんじろう・作
坂内拓・絵

講談社

ブルーラインから、はるか

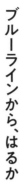

もくじ

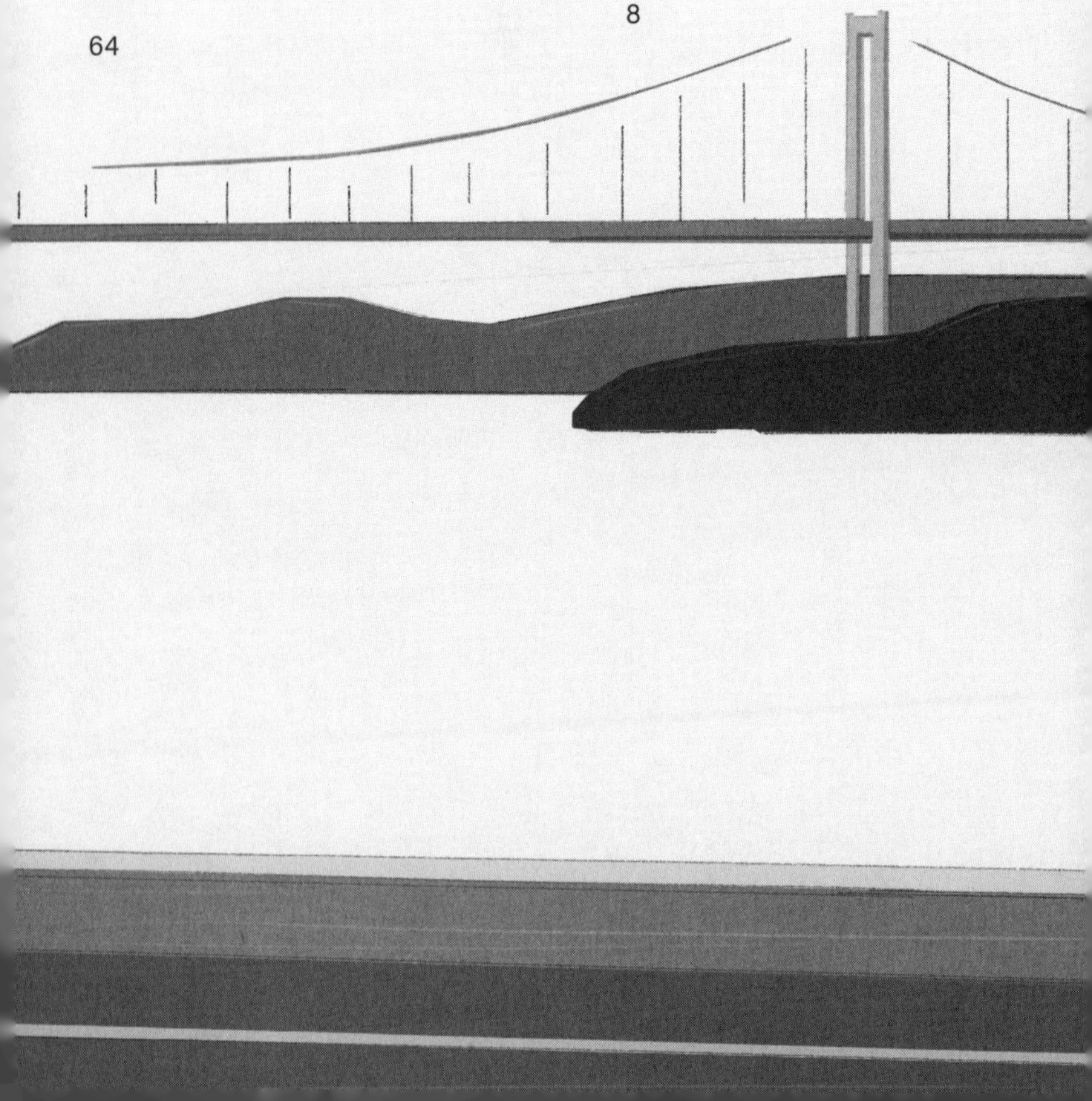

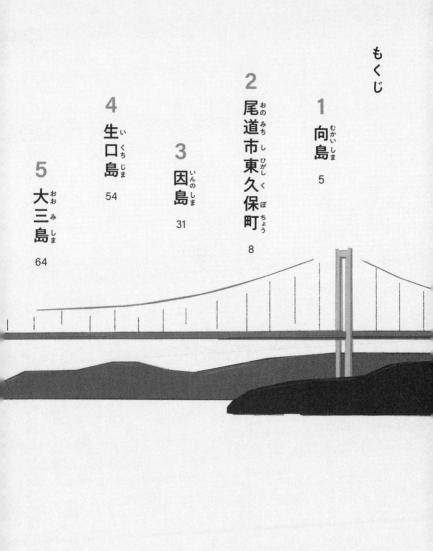

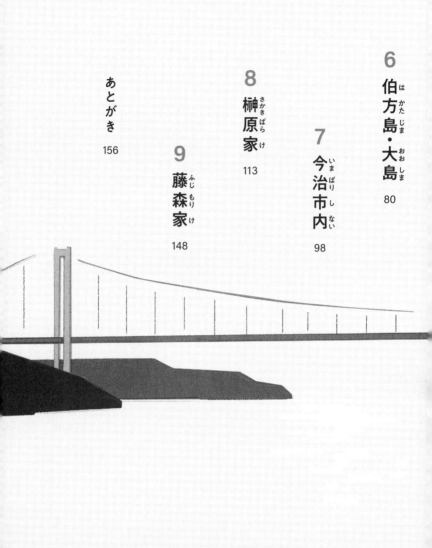

絵／坂内 拓
装丁／城所 潤(JUN KIDOKORO DESIGN)

1 向島《むかいしま》

マジやってられんわ、ばりしんどい。

朝っぱらからおれは、呪文《じゅもん》みたいに頭のなかでくりかえしている。

いまは口に出してさえいる。

「があー、しんどい」

しかし、きょう行動を共にしているあいつには聞こえないように。

あんなやつに、へこたれているところを見せてはいけない。腹《はら》からさけび声をあげたいのをぐっとこらえて、おれはペダルをこぎつづける。

出発は午前七時。本通《ほんどお》り商店街《しょうてんがい》の南の渡船《とせん》のりばで落ちあい、フェリーに乗ることおよそ五分。向島に上陸して、サイクリングはスタートした。

海岸沿《かいがんぞ》いの道。おだやかな海のあいまに折りかさなる島々。

ばっちり青い空と、しっかり白い雲。文句《もんく》なしのサイクリング日和《びより》。

うん。さいしょは気持ちよかった。

ペダルをふみこめば、そのぶん潮風《しおかぜ》が肺《はい》に入ってくる。海のにおいが、おれはきらいじゃない。

……そんなすがすがしい気分もしだいに失《う》せた。

あいつのチャリは、ジュニア用とはいえ六段《だん》変速。黒いフレームがクールなロードバイクだ。

おれのは赤いママチャリ。タイヤのサイズはおれのほうが勝《まさ》るが、それだけ。笑えるほど性能《せいのう》がおとるし、見た目もダサい。

なぜこうもちがうマシンで、あいつのお供《とも》をせねばならんのだ。

判断《はんだん》ミスった。

やっぱり受けあうんじゃなかった、こんな〝自由研究〟への同行なんか。

むしょうに腹《はら》が立ってスピードを上げてやる。

おかげでいまや、あいつをぶっちぎっている。

百メートルは距離《きょり》をはなして、ゆるい下り坂になった道を、ブルーラインに沿《そ》ってしゅーっとすべるように進む。ここはペダルをこぐ必要もなし。かぶっている広島東洋《ひろしまとうよう》カープのキャップが飛んでいかないよう、つばを後ろへまわした。
ついてこれるもんなら、ついてこい。
後ろをふりかえる。くそなまいきなロードバイクは、もはやおれの視界《しかい》に入らない。
ついてこいよ、榊原風馬《さかきばらふうま》。さあ、はやく。

2 尾道市東久保町《おのみちしひがしくぼちょう》

榊原風馬《さかきばらふうま》とは、図書館で顔見知りになった。

尾道市立中央図書館《おのみちしりつちゅうおうとしょかん》。

週末はかならずと言っていいほど、ここで見かけた。よっぽど本が好きなのだろう。べつの理由で図書館に入りびたるおれとはちがう。

図書館以外で、おれらが顔をあわせる機会はない。あいつがどこに住んでいるのかも、おれは知らない。知っていることといえば、ゲキレツに性格《せいかく》が悪いということだけ。

あいつの存在《そんざい》に気づいたのは、ことしの春休み。はじめはおとなしそうな子、という印象《いんしょう》で、ほんのちょっぴり仲間意識《なかまいしき》を感じた。図書館をよく利用する仲間、みたいな。だからおれは声をかけてみる気になった。ふだんは他人に近寄《ちかよ》ることはないんだが、相手は見た目、年下っぽいし、びびることはない。

「ここによう来るのう。どんなん読んどるん？」

反応《はんのう》はない。あれ、聞こえなかったかな。

「なん読んどるんね」

ソファーに座《すわ》って本を読んでいた風馬は、ちらっとおれを見あげた。ぶあついレンズのメガネをかけた目は、くりっと丸くて愛きょうがある。

風馬は、すぐまた手元の本に目をもどした。

無視《むし》かい。仲間意識《なかまいしき》は、おれのひとりがてんだったか。

ちぇ。気分悪いし、しれっと立ち去ろうかと思ったやさき、はあーと古い除湿器《じょしつき》みたいな息をはいて、風馬は本を閉《と》じた。席を立ち、貸出《かしだし》カウンターに向かって歩いてゆく。

すると風馬の足元に、何かが落ちた。

図書館の利用者カードだった。おれはとっさにひろった。

そこではじめて名前を知った。カードの裏《うら》に油性《ゆせい》マーカーでフルネームが記してあったのだ。『榊《さかき》』っていうやたら画数の多い字が、たまたまおれにも読める字だったから、いやでも記憶《きおく》してしまった。

貸出カウンターに本を置いた風馬に、「おい、落としたで」とカードをさしだした。

おれはいま一度交流をこころみた。無視《むし》したのは、たんに恥《は》ずかしがり屋《や》だからかもしれないじゃないか。

「『さかきばら、ふうま』か。ばりシブイ名前じゃの」

こころみるんじゃなかった。あいつはおれの手からカードをふんだくって、

「うるさいっ」

つばが飛ぶいきおいで、はきすてやがったのだ。

あれ以来、すがたはよく見かけるも、いっさい目をあわさなかった。

そうやって無関係をつらぬいてきたつもりだったのに……。

夏休みに入って十日目。とつじょとしてあいつから声をかけてきた。

「ちょっといいかな」

図書館の正面玄関《しょうめんげんかん》を入って左の階段《かいだん》をおりたところにある市民ラウンジ。榊原風馬はおれが座《すわ》るテーブルの横に立った。

「……なんね」

おれは警戒《けいかい》した。なんかまた、こいつのかんにさわるようなことを、してしまったか。うう

ん、そんなはずはない。おれはここでひとり、ペットボトルに入れてきた麦茶を飲んでいただけだ。ここは飲食オーケーのスペースだ。

「頼《たの》みがあるんだ。あした、月曜だけど、ひま？」

「は？」

いきなり「ひま？」とは、失礼なやつだ。

「もしひまだったら、ぼくの自由研究につきあってほしいんだ」

わりとあどけない、舌足《したた》らずな声。「うるさいっ」のインパクトが強すぎて、気づかなかった。

いやしかし、意味がまったくわからない。

おれはペットボトルのキャップを閉《し》めて、ウエストバッグにおさめた。

「自由研究？」

どうにか聞き返せた。

「うん自由研究。どうかな、ひまだよね」

ひまひま、うっとうしいな。なにさまだ。

「ひまなわけないじゃろ。おれだって宿題でいそがしいんじゃ」

現在《げんざい》はともかく、たぶん夏休みラスト一週間がピークでいそがしくなるはずだ。

「自分の自由研究もやらにゃぁいけん。他人の宿題につきあっとるひまはないで」

しかし敵《てき》は一枚上手《いちまいうわて》だった。

「でも夏休み、毎日図書館に来てるじゃん。勉強道具も持たずに」

「それがわかるってことは、おまえも毎日来とるってことじゃろ」

「そうだよ。だから、どうかなって」

〝だから〟ってどういう〝だから〟だ。おたがいひまなんだしって意味なら、それはそれでムカつく。

イスに座《すわ》ったまま、おれは風馬の顔をにらんだ。

意外にも、けっこう日に焼けた肌《はだ》。メガネの奥《おく》の黒々とした瞳《ひとみ》が、真っ向から見返してくる。

逆《ぎゃく》におれのほうがちょい、ひるんでしまった。

「あしたは図書館も休みだし、まる一日、時間があくんじゃない？」

毎週月曜日は休館日なのだ。

おれ、図書館に来ること以外マジでやることがないやつ、と思われているらしい。

「……おまえ何年？　おれ、六年」

「ぼくは四年」

やっぱり年下か。タメ口なのはかまわん。「あらためまして、よろしく」とかがないのもいい。おれも敬語《けいご》とあいさつは苦手だ。

どこ小かも聞くと、おれがかよう学校とはちがっていた。

「なんで学校もちがうおれに頼《たの》んでみようと思ったんよ」

まずそれを確認《かくにん》する。あの日の仕打ちに対するうっぷんもあったし、この謎《なぞ》の依頼《いらい》はつっぱねるつもりだったが、理由は気になるところだ。

「君ならオッケーしてくれそうだったから」

きみ！　小四のガキに「君」呼《よ》ばわり！

「おれはコタロ―じゃ。藤森庫太郎《ふじもりこたろう》」

ぐっとこらえて、とりあえず名のる。

「みんなはコタって呼んどる。オッケーしてくれそうって、どんな根拠《こんきょ》で言っとるんや」

風馬はその根拠を話しはじめた。

「コタがいつも読んでる本――」

こいつ、呼びすてにしやがった。せめて、「コタくん」だろ。

けどそんなことより、話の内容《ないよう》が気になった。おれの読んでる本がどうした。

「ぼくが読んでるのと、いっしょだよね」

「いっしょっていうか、ぼくが読み終わった本を、すぐそのあと読んでるでしょ」

「………」

顔が、かーっと熱くなる。

しまった……。気づかれていたのか。

図書館にあるマンガは、おもしろそうなのは大半読み終えてしまって、つぎ何を読もうかと悩《なや》んだ時期があった。そんなとき、返却《へんきゃく》カウンターにいた風馬のすがたが目に入った。〝うるさい事件《じけん》〟以降《いこう》のことだ。

返却された本は、すぐには棚《たな》にもどされず、しばらくブックトラックって呼《よ》ばれるラックに立てられる。おれは近くに風馬がいないかたしかめて、その本をブックトラックからぬいた。児童文庫のミステリーだった。表紙の絵だけで、すでにおもしろそうだ。

じっさい、その本はおもしろかった。一日じゃ読みきれなかったので、借りて帰った。ラストのどんでん返しには、ぶったまげた。

以来、おれは風馬が手に取った本、借りた本をさっと見て記憶《きおく》して、あとでこっそり読むようになった。べつに、こいつの影響《えいきょう》を受けたわけじゃない。ただ図書館で時間をつぶす方法を探《さが》していただけだ。図書館にいるなら本を読むほかないじゃないか。何を読んでいいかわからないなら、参考は必要だ。

——などの言い分を、おれはすらすらとならべられるはずもなく。

「ぐ、偶然《ぐうぜん》じゃ。おまえが何を読んどるかなんて、おれ、知らん」

「ぼくはコタが何を読んでたかを知ってる。しっかり観察してたから」

「観察って。いやらしいやつじゃのう！」

じつのところ、おれも風馬を観察していたわけだから、おたがいさまなんだが。二週間まで借りられる本を、風馬はきっちり一週間で返した。そこまでおれは知っている。

「どの本も、ぼくが読んだ本だったよ。その日に返した本とか、その日にここで読んだ本を、きまってそのあと、コタは読んでた」

「じゃけぇ、ぐうぜ——」

「偶然じゃないって確信《かくしん》したのは、大人向けの文庫で試《ため》したとき」

「！」

おれ、絶句《ぜっく》。

たしかに一度、風馬は一般《いっぱん》のコーナーで、一冊《さつ》の小説を借りた。

大人の本も読むのか、こしゃくな、あいつに読めるならおれにだって読めるわ——などと対抗《たいこう》意識《いしき》を燃《も》やして、翌週《よくしゅう》、おれは返却《へんきゃく》されたその文庫を手に取った。

空港を舞台《ぶたい》にした推理小説《すいりしょうせつ》のようだった。

読めない漢字が多くて、二ページ目でギブアップした。

「試《ため》した」ってあれ、トラップだったのか？

「コタはあの本、読むのやめて、すぐにもどしてたけど、ぼくが借りた本を読もうとしたことは、まちがいないよね」

こいつ、探偵《たんてい》か。

「あと、図書館に来る時間も、だいたいいっしょでしょ。ぼくがここにいる時間、たいていコタも、ここにいる」

「そっちは、ほんまに偶然《ぐうぜん》……」

言った瞬間《しゅんかん》、失敗したと思った。この言い方、風馬が読み終わった本を読んでいたのを、完全に認《みと》めたようなものだ。

「カンケーないじゃろうがっ」

恥《は》ずかしさのあまり、おれはわめいた。

直後、入り口のほうから市民ラウンジへ、人がおりてきた。

おれは声をおとして、それでもとがった口調を意識《いしき》して、

「それとこれとは関係ないけぇのっ」

「けど、ぼくとおんなじ本を読む人なら、頼《たの》みやすいかなって。もしかしたら、ほかの趣味《しゅみ》とかも合ったりして」

風馬のせりふは、おれのなかでつぎのように訳《やく》された。

『人のまねしかできないようなやつなら、チョロい』。うわ……ダサすぎる。

「ざんねんじゃったの。世のなか、そんなに甘《あま》ぁないで。おれは手伝わん」

平静をよそおって、言いきった。

「手伝うっていうか、つきあってほしいんだけど」

「じゃ、つきあわん。だいいち、他人に協力あおぐより、自分の父ちゃん母ちゃんに頼むんが筋《すじ》じゃろ」

そのほうが手っとりばやいじゃないか。

「母さんはあしたも仕事だから。あ、そうだ、自転車持ってる?」

「自転車?　おい、どういう研究をたくらんどるんよ」

そういや、内容《ないよう》を聞いていなかった。

「しまなみ海道《かいどう》を走破《そうは》する」

風馬は言った。

「自転車で往復《おうふく》するんだよ」

「そんなんが自由研究になるか？」

「まえに愛知県の人が、自由研究で東京までサイクリングしたっていうのを、聞いたことがある」

とんでもない前例をつくったやつがいるもんだ。

「コースはブルーラインコース。初心者にはおすすめのコースらしいんだ」

車道の左のはしっこに引かれた青い線に沿《そ》って走行すれば、愛媛県の今治市《いまばりし》までたどり着く、という定番のコースだそうだ。全長はおよそ七十キロメートルとのこと。

「往復だから、百四十キロメートルね」

バカかよ。もうちょっとかしこいやつだと思っていた。

「おまえ身長何センチや」

「百三十六センチだけど」

「むちゃすぎるで。自分の身長のほぼ千倍の距離《きょり》を走るんか」

「十万倍だよ」

「じゃかーしいわ」

サイクリングに向けてどんだけトレーニングを積んできたのかは知らんが、おれはいきなりだ。いきなりさそわれて、百四十キロメートルを自転車で走れるか。

それに図書館がすずしいから、こいつは夏の日中が地獄《じごく》であることを忘《わす》れている。ナメすぎだろ。熱中症《ねっちゅうしょう》の危険《きけん》をおかしてまで、宿題をやってはいけない。

「しまなみ海道、走ったことある？」

「ない」

そもそも、長距離走行に耐《た》えられそうなチャリを持っていない。

「おれんち、ママチャリしかない」

それが断《ことわ》る理由じゃないが、いちおう言った。前かごがいまにも取れそうなママチャリだ。正《せい》確《かく》にはおれのものじゃない。母ちゃんのだ。

「体力さえあれば、いけるんじゃないかなぁ」

なまいきな小四はさらりと言う。ああ、ムカつく。

「んな、かんたんに言えるなら、ひとりで挑《いど》めや」

「体力ありそうな人のサポートがあったほうが安全だ。ぼく、体が弱いし。コタは体も大きくて、がんじょうそう」

自分の弱さをいさぎよく認《みと》めた風馬だったが、おれはあんまりゆかいじゃない。「体だけはがんじょう」って言われたみたいだ。

「病気とか、しなそう。持病もないよね？」

「ない。なくて悪かったの」

ほんとうはいっこだけアレルギーがある。けど言わない。こいつにこれ以上弱みを見せたくない。

「あと、運動神経《うんどうしんけい》もよさそう」

「まあ、体育の成績《せいせき》だけはええで」

また失敗。みずから「だけ」と言ってしまった。

「ほら」

なんが「ほら」じゃ。ちきしょう。

「健康で運動神経のいい人のサポートがほしいんだ」

「ひとりで行ってもおんなじじゃ」

「ぜんぜんちがうよ」

「ちがわん。それに、ひとりのほうが気楽じゃろうが」

おれとふたりで行って、こうやってガミガミ言われるよりは。

「ひとりがいやなら、学校の友だちに頼《たの》め」

よくよく考えりゃ、それがいちばん正攻法《せいこうほう》だ。

「………」

とたんに風馬の口が重くなった。

いまのことばはダメージだったか。週末いつもひとりで図書館に足を運ぶようなタイプなのだ、風馬は。桜《さくら》のころ、こいつを図書館仲間と感じたのを思い出す。いや、おれのほうは、遊ぶ友だちがいないってわけじゃないんだが。

「サポートを頼むなら、コタみたいな人がいいと思った」

だけど……と、風馬はつけたした。

「どうしてもむりって言うなら、ぼくひとりで挑戦《ちょうせん》してみる」

おれは図書館で夕方六時近くまでねばって、家に帰った。

風馬はもっとはやくに図書館を出ていた。あしたの準備《じゅんび》があると言って。去りぎわ、「ほんとに考えといて」と、何やらこまごま書かれた紙を渡《わた》された。いちばん上にケータイ電話の番号が書いてある。四年のくせにマイスマホを持っているらしい。やる気になったら電話をくれというわけだ。

家に着き、裏《うら》のとびらを入ると、店のほうから父ちゃんの怒声《どせい》が聞こえてきた。

「おっどりゃぁドライヤーちゃんと直さんにゃ床《ゆか》ん落ちてめげてまうじゃろうが！」

（君、ドライヤーは定位置に置かないと、床に落ちて、こわれてしまうじゃないか）

おれんちは床屋《とこや》を営《いとな》んでいる。

「いちいちおらびんさんなやこみやぁことばぁふうのわりぃほんまやねこいわぁ！」

（いちいちわめかないで。小さいことばかり、みっともない。ほんとうにしつこいわ）

閉店《へいてん》まぎわで、父ちゃんと母ちゃんは心置きなくどなりあっていた。

「かばちたれるなしわいばばあじゃやけったくそわりぃやいとぉすえちゃるど！」

（たてつくな。強情《ごうじょう》な女性《じょせい》だ、気分が悪い。こらしめてやるぞ）

「いぃいおっとろしいことぬかしょーるわきちゃむさいあんやんが！」

（ああ、恐《おそ》ろしいことをおっしゃるわね、汚《けが》らわしいひと）

「おどりゃもっぺんゆーてみいっ！」

（君、もう一度言ってみなさい）

「へこきむし！」

（へこきむし！）

客がいないときを選んで、だれにも迷惑《めいわく》をかけずにバトルをやっているつもりだろうか。ふたりとも声にやたら迫力《はくりょく》がある。父ちゃんは腹《はら》にくる地ひびき的な、母ちゃんは耳をつんざく超《ちょう》音波的《おんぱてき》な。ヒートアップすると方言が出まくり、五倍うるさい。爆音《ばくおん》。まちがいなく外にもれている。父ちゃんも母ちゃんも、うちの両どなりに民家があることを忘《わす》れている。

はっきり言って近所迷惑だ。おれにだって迷惑がかかっている。

大めいわく。

いずれ友だちにもバレてしまう。うちの最悪な状態《じょうたい》が。このぶんだと、とっくにバレているかもな。

ああ、しんど。

けんかの内容《ないよう》やきっかけは、いつも似《に》たりよったりだ。たいていはじいちゃんのことが関係している。

じいちゃんは認知症《にんちしょう》のきらいがあって、ときどき世話がかかる。おれはいまのじいちゃんも、いままでのじいちゃんと同等レベルで好きだ。できるだけそばにいたい気持ちがある。

だけど、家のなかでいっしょにいれば、ぎくしゃくした父ちゃん母ちゃんともいっしょにいることになる。床屋《とこや》なもんだからふたりは毎日、ハサミを持って同じ空間に立っている。客がいるときは、おもて向きおとなしいもんだが、おれには手持ち花火百本分のバチバチが、ふたりのあいだにはっきり見える。客がいないときは、それがおれにも飛び火する。

だからおれは、じいちゃんには悪いと思いつつ、ひとりでとんずらする。

図書館へ逃《に》げこむのだ。

おれの日常《にちじょう》。五年生のころからつづけている。

以前は友だちと遊ぶことで、家から避難《ひなん》していた。それをしなくなったきっかけは、友だちの家に遊びに行ったとき。「こんどはコタんちに遊びに行きたい」と言われ、自分でも引くくらいうろたえた。

あの家に友だちを呼《よ》ぶ？　じょうだんじゃない。家からはなれるために友だちと遊んでいるのに、友だちと遊ぶために家に帰るって、おかしいだろ。それをやってしまうと、同時に、父ちゃん母ちゃんのバチバチ最前線に友だちを近づけることになる。

ないない。ぜったいない。

やがておれは、家から遠ざかるのにベストな場所は、図書館だと気づいた。仲のいいやつと出くわす確率《かくりつ》も低いし、あいつらに借りをつくることもない。マンガだって読める。

いまでも学校の同級生たちとは、わりかし仲よくやっているつもりだが、学校以外ではあんまりつるまなくなった。

夏休みがはじまれば、午前中から出かける日々。

おれんちから東久保町の中央図書館まで、歩いて十分もかからない。

「コタっ！　宿題は！」という母ちゃんのわめき声は初日だけ。

「静かな図書館でしてくるんじゃ」と強めに言い返せばすんだ。

母ちゃんも自分らがピリつくのが、息子《むすこ》に悪影響《あくえいきょう》だって自覚しているんだ。だったらやめろやケンカ、って言いたくもなるが、そう単純《たんじゅん》にはいかんのかな、大人って。

昼ごろには、めしを食いに、家に帰った。焼きめし、焼きそば、お好み焼き、食いもんは用意してもらえる。こういうところがちゃんとしているだけ、おれは恵《めぐ》まれていると思う。

昼めしのあとは、神棚《かみだな》のある部屋に、じいちゃんのようすを見に行く。

神棚《かみだな》の両サイドにさした葉っぱは『さかき』と呼《よ》び『榊《さかき》』と書くのを昔、じいちゃんに教えてもらったことがある。だからおれは風馬の名字が読めたのだった。

じいちゃんが幸せそうに、庭木に咲《さ》いた白い花をながめているのを確認《かくにん》できたら、おれは図書館にもどる。

やっかいなのは月曜日だ。

だって図書館は休館日。それどころか床屋《とこや》も定休日で、おれんちは朝から晩《ばん》までバトルフィールドと化す。先週なんて、いつどなり声が聞こえてくるかびくびくしながら、部屋で借りた本を読んでいた。集中できず、同じ行をなんべんも読んでしまい、ぜんぜん物語が進まなかった。

この世で月曜日を好きな人間はいないだろうが、おれはだれよりも多く、月曜日がきらいな理由を持っている。

……そんな、きわどいおれの日常《にちじょう》に、ひと味ちがったエッセンスがふりかかる。

風馬のとつぜんの歩みより。

しまなみ海道をサイクリングするため、サポートについてほしいという依頼《いらい》。

往復《おうふく》百四十キロメートルを共に走破《そうは》しろと。

両親が巻《ま》き起《お》こした本日のツイントルネードもようやくおさまって、夕食も終え、おれは湯船につかった。

しまなみ海道ブルーラインコースの往復《おうふく》。風馬の説明を思い返す。

正直、気持ちがゆらいでいた。

一日だけ。

チャリを走らせるだけで、きらいな月曜日をきりぬけられる。たとえ一回きりでも、あしたがゆううつじゃなくなるのは大きい。

古いママチャリで家を飛び出すのも、最高にバカバカしくて、わくわくする。

夏のどこかで一度くらい、どろっと重たい家の空気から、思いっきり遠くまで逃《に》げてみたい気もあった。

それに……。

――どうしてもむりって言うなら、ぼくひとりで挑戦《ちょうせん》してみる。

風馬のひとことが、頭のすみっこで、くるくる回っていた。

おれがあんなふうに言っても、学校の友だちをさそうつもりはないようだ。

「…………」

鼻までお湯につかって、ゆっくりあわをはきながら、あいつが図書館でおれを観察していたことの意味を考えた。

この数か月間、夏休みの計画を練って、だれをさそうか、あいつは悩《なや》んでいたのだろうか。ほかにだれも思いあたらなくて、図書館でよく見かけるおれに目をつけた。

頼《たの》めるのは、おれしかいなかったってことなのか?

——体力さえあれば、いけるんじゃないかなぁ。

勝手なことぬかしやがって。

そりゃ、いけるわ。いけるにきまっとろうが。おれは体力だけは自信があるんじゃ。

読書バカのへなちょこがひとりでいけるなら、とうぜん、おれは楽勝でいける。いけないわけがない。

なんなら、おれも自由研究にしてやるか。めんどっちい宿題をいっこへらせる。いや、走るだけじゃダメだ。ノートにまとめなきゃ。そうだ、風馬のノートを丸パクリさせてもらやぁいい。報酬《ほうしゅう》として、ありだろ。学校もちがうしバレるもんか。

「あつ。のぼせる」

おれは湯船のへりに両手をついて、ジャバッと起きあがった。

一日だけ。

行ってみるか。あした。月曜日から、全力で逃《に》げてやれ。

3 因島《いんのしま》

「ありゃ」

風馬《ふうま》をぶっちぎってやったのち、しばらく走って。

スタートからえんえんたどっていたはずのブルーラインが、いつのまにか地面から消えていた。

しまなみ海道《かいどう》ひとつめの島、向島《むかいしま》を走って、だいぶん経《た》っている。

道、まちがえた？　ずっと一本道だった気がするが。

浮《う》かせていたけつを落とす。サドルのスプリングがぎゅっぎゅっとたわむ。

車に注意しながらUターンして、来た道をもどった。

「ここか」

ブルーラインは、ある細い道に向かって、カクッと左に折れていた。

ここを見落としたらしい。

それまでの広々とした道路に対して、あまりにも地味な細道。しかも上り坂の予感がぷんぷんする。見れば、ここは因島大橋《いんのしまおおはし》への入り口であることが看板《かんばん》に書いてある。自転車や歩行者専《せん》用《よう》の入り口だ。

そういえばさっき、はるか上空にかかる橋の下を通った。どうやらつぎの島へ行くには、あれを渡《わた》る必要があるらしい。それにはまず橋の上まで到達《とうたつ》しなければならず、この道はそのためにある。

一気になえた。

細くて急な坂を、橋の高さまでのぼらなければならないのだ。

チャリをおりて押《お》すか……とも考えたが、そこへもし風馬のチャリがさっそうと追いついてきたら、と想像《そうぞう》すると、ペダルから足をはなせなかった。

何人《なんぴと》たりとも、おれをヘタレと呼《よ》ばせねぇ。ふたたびけつを浮《う》かせる。

フルパワーで立ちこぎして、坂をのぼりきった。

「あぁぁー、づいだぁー、ひぃぃ」

因島大橋の入り口で、おれは風馬を待つことにした。あいつを、よゆうのスマイルでむかえてやろう。いそいで息をととのえなければ。

Tシャツの腹《はら》んところをまくりあげて、顔の汗《あせ》をごしごしふく。

ミント色のロードバイクが一台、おれのそばをすーっと通りぬけて、橋にすいこまれていった。おれはへろへろと息をはきながら、いさましいサイクリストの背中《せなか》を見送った。

ひさびさにほかのチャリを見た。

しまなみ海道は有名だし、どんだけ多くのチャリが行き来してるんだろうと思っていたのに、あんがい出会うチャリはすくない。

風馬の到着《とうちゃく》を待つこと数分。

どっかで人知れずくたばっちゃったか、と心配しはじめたころ、風馬はすがたを見せた。あいつはチャリを押《お》して、のぼってきた。

「おっそ!」とイッパツ嫌味《いやみ》をぶちかまそうともくろんだおれをふみとどまらせたのは、風馬の表情《ひょうじょう》だった。目、鼻、口を、点と線のみで描《えが》いたような、無表情。

「だいじょうぶか」

思わず声をかけた。

こまっていそうな人に「だいじょうぶ?」と声をかけるのはNGだと教わった記憶《きおく》がある。

じゃあ、熱中症《ねっちゅうしょう》のうたがいがある人には、どう声をかけりゃいいんだ。

「わー」

おれの「だいじょうぶか」には応《こた》えず、そんな声をもらした風馬。顔にふわっと生気がもどる。

「すごい高いところまで来たなー」

ひとりごとのようだ。景色に感動しているらしい。

おれを視界《しかい》に入れようとしないのは、さっさと先に行ったことに腹《はら》を立てているからか。

ふん、立ててろ。先に行ったかいがあったってもんだ。

けど、なんだ、こいつ元気でよかった。

風馬のメガネのフレームに、太陽の光が反射《はんしゃ》する。

はやい時間に出発したおかげで、まだ気温もあがりきっていない。おれはカープのキャップをかぶり、風馬はつば付きのヘルメットをかぶっている。直射日光もちょっとはやわらげられるはず。

なるべく早めに今治《いまばり》に着きたい。暑さがピークの時間帯は、どこかすずしいところで休憩《きゅうけい》だな。休憩がすめば、とっとと後半戦だ。

日暮《ひぐ》れまでには尾道《おのみち》にゴールできるだろうか。こっからのスケジュール管理はだいじだ。トロい風馬を、おれが引っぱっていかなきゃ、一生ゴールできん。

風馬は背負《せお》っていたリュックから、何かのボンベばりに存在感《そんざいかん》のある水筒《すいとう》をぬいた。ふたをあけ、口をつけてゴクゴク飲みはじめる。

——あ。

おれの荷物はウエストバッグ。いまはななめがけにして背中にまわしている。なかにはアディダスのさいふが一個入《こ》っているだけ。

おれ、自分の飲み物、なんも持ってない。いつも図書館に持参している麦茶は、きょうはない。あれを入れたら、さいふが入らなくなるからだ。

てきとうにスポドリを買って飲めばいいやと、たかをくくっていた。

風馬のほうは対策万全《たいさくばんぜん》に見える。いつのまにか首にタオルを巻《ま》いている。

サイクリングをナメていたのは、おれのほうかも。スケジュールがどうのとイキっている場合か。

「コタ」

「な、なんじゃい」

水筒《すいとう》をリュックにもどしながら、風馬が言う。

「因島大橋を渡《わた》ったところに、ビーチと公園があるんだ。そこで休憩《きゅうけい》する」

スケジュールもしっかり立てているらしい。


因島大橋では、自動車道の横を走らない。その真下に、二輪・歩行者専用《せんよう》の通路があるのだ。

ごっつい鉄骨《てっこつ》が組まれた通路。

巨大《きょだい》なドラゴンの骨《ほね》ばった体内をくぐりぬけてゆく気分だ。

橋の上からの景色は、金網《かなあみ》ごしでもなかなかどうしてスゴイ。瀬戸内海《せとないかい》って、本州と四国にはさまれているくせして、まあまあ広いよな。いまさらだけど。

出口に無人の料金所があって、有料かよっと一瞬《いっしゅん》げんなりしたが、期間限定《きかんげんてい》で自転車は無料らしい。金を払《はら》う必要があるのはバイクだけだ。

料金所をスルーして、下り坂。

くねくね細道を、ブレーキに手をかけながら下ってゆく。

風が顔と体を冷やしてくれる。

ああ、おれはこのために橋を渡ったのかもしれない。

「うっひょぉ〜〜〜きもっち……」

下方からのぼってくるサイクリストとすれちがった。

おれは「きもっちぇ〜」の語尾《ごび》をすぼめた。

風馬が休憩場所《きゅうけいばしょ》に指定した公園には、バカでっかい草食恐竜《そうしょくきょうりゅう》の像《ぞう》があった。全身白色で、怪《あや》しさまんさいだ。恐竜の向こうに芝生《しばふ》が広がっている。さらにその向こうがビーチだ。

まだ朝だというのに、ビーチはにぎわいはじめていた。

おれらはトイレとシャワーがある平屋のそばで休息をとった。

つややかなフレームのロードバイクが数台とめてある。それにまじって、何台か小型《こがた》の自転車もあった。

どのチャリとくらべても、おれのがいちばんみすぼらしい。なんかハズい。

芝生にべたんと座《すわ》る。

風馬はリュックをおろして、おれと距離《きょり》を置いて座った。

「荷物多すぎじゃろ」

おれはリュックをじろじろ眺《なが》めて言った。

「中身はそうでもない」

「なんが入っとるんや」

風馬は答えない。水筒《すいとう》をあけ、ぐびっとやる。にくたらしい。

おれは立ちあがって、平屋のそばの自販機《じはんき》でスポドリを買った。

「ぶっはぁ、うんめー」

べつに意識《いしき》してそうしたわけじゃないが、三角座《さんかくずわ》りする風馬のまん前で仁王立《におうだ》ちになり、おれは五百ミリリットルを飲みほした。

「コタ、飲みもの持ってきてないの？　きのう渡《わた》した紙に、水筒とか、持参するもの書いてあげてたのに」

書いてあったっけ。ケータイ番号しか見ていなかった。

「いらん。自販機で買やすむしの」

「水分補給《すいぶんほきゅう》はこまめにしなきゃいけないぞ」

もっともな忠告《ちゅうこく》を、年下に言われた。

「……風馬。なんで自由研究でサイクリングをやろうと思ったんや」

「なんでも。いいだろ、べつに理由は」

ぜんぜんよくないわい。

「おれがわざわざ時間をさいて来てやっとることを忘《わす》れんなや。ロードバイクじゃけぇって調子にのんな」

「ぼくの自転車、ロードじゃないよ。クロス。クロスバイク」

「似《に》たようなもんじゃろ」

「ちがう」

「チャリの性能《せいのう》を試《ため》したかったとか？」

「それはあるかな」

「高そうじゃけど、こづかいためて買ったんか」

「ううん。……父さんに買ってもらった」

「なんや過保護《かほご》じゃのう。おれを見てみい、母ちゃんのママチャリでやりくりしとるんで。おまえは甘《あま》やかされすぎじゃ」

「そんなんじゃないっ」

風馬が想定外のスピードで否定《ひてい》してきた。

おかげで休憩中《きゅうけいちゅう》のサイクリスト何人かに、ふり向かれた。

「ムキになんなや」

風馬の反応《はんのう》に、おれは内心あわてた。

「自分で『ぼくは体が弱い』って言っとったじゃろうが。じゃけぇ、甘《あま》やかされて育ったんじゃろーのーって思っただけじゃ」

「強いかもしれないじゃないか」

「は？」

「ブルーラインを走りきれたら、強いじゃないか」

そりゃ体力的には強いってことになるよ。それを本気で証明《しょうめい》したいなら、ひとりで挑《いど》め、へなちょこ。

でも、この嫌味《いやみ》は、口には出せなかった。

おれはすこしだけ、歳《とし》も学校もことなるおれに協力を求めた風馬を、勇気があるな、と評価《ひょうか》していた。ほんのすこしだけだ。

なにげにまわりに目をやると、もうだれもこっちを気にしていない。

「あ」

あることに気づく。

サイクリストたちと自分。チャリのショボさだけでなく、もうひとつ決定的なちがいを見つけてしまった。

「風馬、おれだけ仲間外れみたいじゃ」

「ママチャリだもんな」

「だけじゃないわい。もういっこ、おれはみんなとちがうところがあるんじゃ」

なんだかクイズ形式になってしまう。

「わかるか」

「服装《ふくそう》とか？　ほとんどの人はサイクルジャージだし」

「ブー」

ジャージでないのは、風馬も同じだ。半パンはサイクリング用なのかポケットにチャックがついているタイプだが、上はふつうのTシャツだ。

「ブーじゃけど、おしい。身に着けとるもんが関係しとる」

おれだけ仲間外れなのが切なかったわけだが、クイズ形式にしたおかげで、さぁておれだけの特殊設定《とくしゅせってい》は何？　みたいな特別感が出てきた。

「わからんか」

「わかんない」

「こうさんか」

「…………」

風馬がめんどくさそうな顔をしたので、答えを言うことにした。

「答えは——」

「ああ、そっか、ヘルメットをしてない」

正解《せいかい》するならもっとはやく言え。ためるな。

「まあ、うん。そう」

まわりのサイクリストはみんな、頭にヘルメットを装着《そうちゃく》していたのだ。していないのはおれだけ。ナメすぎ感がさらに増《ま》す。

「じつはちょっと気になってた。ヘルメットもいらないって判断《はんだん》したの？」

風馬の言いぶりからすると、きのう渡《わた》された紙には、持参するものとして『ヘルメット』も書いてあったようだ。

「もとから持っとらんのじゃ」

「んー、準備不足《じゅんびぶそく》はしょうがないよな。話が急だったし。ドンマイ」

すんげーイラッとした。

「急な話を持ちだしたんは、そっちじゃろうが」

いいよ、わかったよ。

準備不足《じゅんびぶそく》、上等。それは言いかえれば、身軽ってことでもある。

「いま何時や」

風馬はスマホを確認《かくにん》した。

「九時前」

「ほいじゃおれ、ちょい泳いでくるわ」

「えっ」

カープのキャップとTシャツ、スリッポンとくつ下をぬぐ。半パンははいたままだ。

「そのかっこうで？　ズボンとパンツ、ぬれるじゃん」

「んなもん、自然乾燥《しぜんかんそう》じゃい」

去年、着の身着のままで川遊びをしたときも、服はそっこー乾《かわ》いた。夏はそういう季節なんだよ風馬。

おれは砂浜《すなはま》へ飛び出した。

準備万端《じゅんびばんたん》クロスバイク野郎《やろう》に、身軽さのだいごみを見せつけてやるのだ。

得意《とくい》のクロールとバタフライも見せびらかそう。へへ。おれの体は水陸両用なんじゃ。ブァッシャァと胸《むね》と腹《はら》を海面にたたきつけるようにダイブした海は、冷たくて気持ちよかった。

いったんもぐって、どかーんと思いっきり飛び上がる。

でもって、背中《せなか》からバチャン。

最高。

どうだ風馬、うらやましいか。こんなまね、できるか？

沖の方向へ数メートル、クロールで泳ぎ、海の色の濃《こ》さにびびって引き返した。

浅瀬《あさせ》にもどって岸のほうを見やると、意外や意外、風馬が波打ちぎわ付近まで歩みよってきた。リュックを背負い、おれのウエストバッグとスリッポンとシャツを抱《かか》えている。盗難防止《とうなんぼうし》のため、そばに置いておくのだろう。

風馬もスニーカーをぬいで、裸足《はだし》をさざ波にさらす。

よちよちとペンギンが足ぶみをしているみたいだ。

つづいておれは必殺《ひっさつ》バタフライを披露《ひろう》して、風馬が目もくれないことに気づいたあと、気管に入った海水にむせて、おえぇぇぇとえずいた。

近くで泳いでいた家族づれに、いやな目で見られた。

休憩《きゅうけい》のあとは風馬と縦《たて》にならんで、ゆったりとしたペースでチャリをこいだ。

……アホみたいに泳ぐんじゃなかった。まわりの家族からひんしゅくをかってまで。せっかくの休憩で、逆《ぎゃく》に体力を消耗《しょうもう》してしまっている。

海からあがったあとに飲んだ二本目のスポドリは死ぬほどうまかった。体が水分を欲《ほっ》している証拠《しょうこ》だ。おれはほんとうに最後までもつのか。

ぬれたまんまはいた半パンは、すでにほとんど乾《かわ》いていた。おそるべし、夏。

ただし生地《きじ》に白いまだら模様《もよう》が浮《う》いている。川とはちがい、海が塩分ふくみまくりだってことを頭に入れずに飛びこんでしまった。海からあがったらすぐに体は乾いてしまったので、シャワーも浴びなかった。そんなにべとべとしないのが幸いだ。

よくよく思い返せば、向島で風馬をムダにぶっちぎったのも体力消耗の大きな要因《よういん》だった。

それもこれもぜんぶ、風馬がなまいきなやつだからってのはあるが、もうすこし冷静でいるべきだった。ここはすなおに反省だ。

これからは冷静に、冷静に。

後ろを走る風馬から、リクエストがあった。

「コタ、スピード上げてよ。おそすぎる」

「うっさいのうっ！　おまえのペースにあわしたっとるんじゃろうが！」

いけん。

風馬になんか言われたら、ついカッとなる。

すると風馬がつづけて、

「因島大橋のときみたいに、先に行って待っててくれるっていうやり方でもいいんだし」

いいチャリだったら、その方法もありだろう。ママチャリだと、しんどいだけだ。

「そしたらぼくも、この先にコタがいるって思えて、目標にしてがんばれる」

「………」

「それに、ボロいママチャリであんだけ速いなら、ぼくのクロスバイクでも行けるはずって自信が持てる」

いつも冷静でいられているのは、おれよりも風馬のほうかもしれない。

冷静で、なまいき。サイアク。

「あっ。コタ、ストップ」

ちーとばかしスピードを上げてやるかと思ったやさき、風馬に命令された。

「あん？」

とまってふりかえれば、風馬は自転車をおりていた。

漁港の前だった。漁船が数隻《すうせき》、つながれて浮《う》いている。

おれはUターンして、数メートルもどった。

「なんや」

聞くと、風馬は「あれ」と道沿《みちぞ》いの建物を指さした。

『有限会社《ゆうげんがいしゃ》カワバタ設備《せつび》』と看板《かんばん》がある。何かの会社のようだ。建物はとても小さい。三分の二ほど開いたシャッターのなかは、資材倉庫《しざいそうこ》か。軽トラが一台、おもてにとめてある。

「ここがどしたんよ」

「じゃなくて、ヘルメット」

倉庫の入り口付近に脚立《きゃたつ》がのばして立ててあり、その中間にヘルメットがぶら下がっている。工事現場《こうじげんば》とかで使われていそうな、黄色いやつだ。横に『(有) カワバタ設備』とロゴがある。

風馬は信じられないせりふをはいた。

「あれ、かしてもらえるか聞いてみよう」

「はあ？　なんのために」

「コタがかぶるためじゃん」

「本気で言っとるんか？」

「やっぱりノーヘルはダメかなって。ロングライドだし、あぶないよ」

ロングライドってことば、イケてるな。いや、だけど、

「ええじゃろ、べつに。おれママチャリじゃし」

「ボロいママチャリだからこそ、安全第一で行かなきゃ。スピードも出しづらいだろ」

何回〝ボロい〟って言うんだ、こいつ。

「待ってて」

「お、おい」

マジで行きやがった。

シャッターの横のドアのノブを、風馬はそうっと回した。

「ごめんください」と言った風馬の向こうから「はい」と聞こえた。女の人の声だ。

風馬はドアを半分あけたまま、交渉《こうしょう》しているようす。

おれはその内容《ないよう》を聞いていられない。断《ことわ》られるに決まっている。

「あらあら」という声が、おれの耳にとどいた。

しばらくして、女の人が出てきた。カワバタ設備っていう会社名なくらいだから、カワバタって名前の人だろうか。

風馬はカワバタさんのとなりでおれを指さして、

「この子がヘルメット、忘《わす》れたんです」

〝この子〟と〝忘れた〟のふたつの単語が、めちゃくちゃひっかかるけど、いまは訂正《ていせい》しづらい。カワバタさんが、また「あらあら」と言った。

シャッターの前に、三人横ならび。

「でも、こんな汚《きたな》いヘルメットよ？」

カワバタさんが脚立《きゃたつ》にひっかけてあったヘルメットを取った。

「かまいません。この子、ズボンはいたまま海で泳いで、ぬれたまま走って自然に乾《かわ》かしたからね。汚いのはへっちゃらです」

「んまあ」とカワバタさんが笑った。

顔が熱い。リアルに火がふきだすかと思った。

「これでよけりゃ、持っていきんちゃい。電工用でも、かぶらんよりはね」

「すいません。かならず返しにきますんで」

「むりに返さんでもええけど……なんなら、軽トラの荷台にでも置いといてくれてかまわんよ」

言いながら、カワバタさんは黄色いヘルメットをおれにさしだした。

「……どうも」

おれはわずか一センチくらいのおじぎをして、ヘルメットを受け取った。

キャップの上からかぶってみる。グレーのあごひもは、ごわついていた。キャップの厚《あつ》みとつばのおかげか、ぴたっとフィットして、ずれることはなさそうだ。

「しまなみ海道を往復《おうふく》するんね。暑いのに、えらいねぇ」

えらいのか？　ほんとうに？　ヘルメットさえ用意していなかったのに。

「気をつけてね。ご安全に」

手をふるカワバタさんから、おれは逃《に》げるようにペダルをふみこんだ。

瀬戸内《せとうち》しまなみ街道《かいどう》
サイクリングロード
［尾道市《おのみちし》～因島《いんのしま》］
尾道市
スタート地点
向島《むかいしま》
因島大橋《いんのしまおおはし》
因島
瀬戸内海《せとないかい》
生口島《いくちじま》
生口橋《いくちばし》
大三島
多々羅大橋
伯方島
大三島橋
伯方・大島大橋
大島
来島海峡大橋
折り返し地点
今治市

4 生口島《いくちじま》

……また橋か。


でかい橋が頭上に見えてきて、そいつの下を通ったとき、いやな予感がした。

思ったとおり、ブルーラインが道路を左へ折れる。因島大橋《いんのしまおおはし》とまるっきり同じパターンだ。

おれはいったんママチャリをとめた。

右どなりに風馬《ふうま》もとまる。

「つぎは生口橋《いくちばし》を渡《わた》るよ」

「あと何本橋渡るんや」

「五本。じゃない、六――いや七本、えーと」

「もうええ」

聞くんじゃなかった。まだ一本目しかクリアしていないのに。とたんにヘルメットを重たく感じた。

「おまえ、この坂、チャリ押《お》してのぼるんか」

さっきはそうしていた。

「できるだけタイムロスをさけたいから、いけるところまで、がんばってこぐよ」

言って、風馬は先に発進した。

もちろんおれは、すぐに追いぬく。

いいかげん立ちこぎもしんどくなってきたころ、後ろを向くと、風馬がチャリをおりた。

それをきっかけに、おれもチャリをおりる。「先に行っててていいよ」と言われるかと思ったが、風馬はだまっていた。

ふたり、チャリを押して、もくもくと歩く。

そんなおれらを、三台のロードバイクが追《お》い越《こ》した。男性《だんせい》ひとりと女性ふたりのクルーだ。女性のひとりは子どもだった。

「こんにちはー」と三人は軽く頭を下げた。

おれはリアクションもとれず、聞こえないふり。後方の風馬はどうしただろう。

「はあ、はあ、お父さぁん、苦しいよぉー」

「ユイ、ファイト」

弱音をはく女の子を、父親が、ペダルをこぐテンポではげましている。

この坂を、のぼれば、海が、見える、ファイト、ファイト、ファイト！

声は、坂の上へ、遠ざかって消えてゆく。

後ろのようすを確認《かくにん》すると、風馬は首のタオルでメガネを下からつつくようにして、目のまわりの汗《あせ》をふいていた。


生口橋は、因島大橋のような自転車専用《じてんしゃせんよう》の通路ではなく、自動車道の横を通るタイプだった。視界《しかい》をさえぎる金網《かなあみ》もなくて、ながめがいい。

橋の上に吹《ふ》く風は、口からすいこむと、地上よりもびみょうに冷たく感じる。

ボートが海上に白い筋《すじ》をつくって橋に近づき、おれらの真下をくぐっていった。

橋を通過《つうか》して坂をくだりきると、ひたすら海沿《うみぞ》いの道を走った。

ヤシの木（だと思う）がならぶ、南国風の海岸道路。

時刻《じこく》は十時をまわっているころだろう。気温がだいぶん高くなってきた。潮風《しおかぜ》がここちいいのが救《すく》いだ。

左手に、ちょーぜつサビサビのバスが放置されていた。

おれがそのすがたに見とれながら通りすぎようとしたとき、後ろで風馬が「ストップ」と声をあげた。

おれは返事もせず、ブレーキをかけた。こんどはなんだ。カワバタ設備《せつび》でのこともあるし、風馬の「ストップ」にビクついてしまっていた。

ふりかえる。

風馬は自転車を歩道の内側へ移動《いどう》させ、スタンドを立てていた。

くちはてたバスの写真でも撮《と》るのかな。

どうやらちがう。

風馬はしんどそうな表情《ひょうじょう》で、「はあー」と声に出して息をはいた。

「だい――いけるか」

「だいじょうぶか」を、「いけるか」に言いなおしてみた。意味はなんも変わらんけど。

水筒《すいとう》をあけるのかと思ったら、そうではなかった。半パンのポケットのチャックをあけて、何かを探《さが》している。

「あれ？　どこやったっけ」

風馬は、あせっているようだ。

「なん探《さが》しとるんよ」

たずねても、答えるそぶりがない。無視《むし》しているのではなく、よっぽどあわてておれの声が耳に入らないみたいだ。

「あれ、あれ、ない」

あれあれないないとやかましい風馬の息が、しだいに荒《あら》くなってゆく。息に、変な音がひっついている。じぃーじぃーのような、ざぁーざぁーのような、ノイズともとれる、音。

「ひぃいい　ひぃいい　ゲホッ　ゴホッ」

せきもまじり、呼吸《こきゅう》がどんどんしづらくなっていくようだ。

ゾッとした。

顔がまっ青だ。人の顔の色って、短時間でこんなにも変化するものなのか。

風馬はリュックを背負《せお》ったまま、地面にひざをついた。上半身をむりやりふくらませて、どうにか息を吸《す》いこんでいる。

「風馬っ」

おれはママチャリを歩道の内側へ投げるようにたおして、かけよった。

「息ができんのんか？」

風馬はリュックの重さに負けたかのように、後ろななめにたおれこんだ。

「いいぃあぁぁぁいぃあぁぁぁ」

いびつにひらいた口と目が、おれに何かをうったえる。

「もしかして薬がいるんか？」

風馬が「あれあれないない」と探《さが》していたものは、こういう症状《しょうじょう》が起きたときに飲む薬じゃないだろうか。

昨日の風馬のせりふが、よみがえる。

――ぼく、体が弱いし。コタは体も大きくて、がんじょうそう。

――病気とか、しなそう。持病もないよね？

そういうこと？　風馬はときどきこうなる持病をかかえているってことなのか。

まずい、なんとかしなきゃ。

薬をどこかに落としたのか。

でなければ荷物のなかにあるはずだ。

おれは苦しむ風馬の肩《かた》からリュックをはぎとった。すこしだけ風馬を引きずるようなかたちになる。なりふりかまっていられない。

リュックをひっくりかえし、なかのものを地面に落とした。

風馬が言ったとおりだ、荷物はすくなかった。

だったら薬も、あればすぐ見つけられるはず。だがそれらしいものはない。いちばん目立つものは、ボンベみたいな水筒《すいとう》だ。つぎに自転車の空気入れ。小型《こがた》のやつ。スプレー缶《かん》みたいなものもある。あと、ファイルとペンケース。

ええと、のこすところは……外側のポケット？

おれは正面のポケットを探《さぐ》った。ポーチのようなものが入っている。たぶん雨合羽だ。

つぎにサイドポケットを探る。発見したのはスマホ。せっかく持ってきているのに、風馬は使うことがすくない。ここに入れていたのか。

最後に、もう一方のサイドポケットに手をつっこんだ。

「あっ、風馬、これか？」

なかにあったのは、ビニールのチャック袋《ぶくろ》だ。あけると、Ｌのかたちをした筒《つつ》みたいなものが入っていた。

「ほら、のう、これじゃないんか」

風馬に筒《つつ》をにぎらせる。

自分の体を風馬の頭の後ろに回して、両足でつつむようにした。おれが風馬の座《ざ》イスになるかっこうだ。

風馬の手が動いた。筒の下のキャップを取って数回ふり、口にくわえ、上を両手で押《お》した。

シュッと何かを吸《す》いこんだようだ。

息をとめたのか、風馬が静かになる。

風馬の背中《せなか》で、おれの心臓《しんぞう》の音が跳《は》ねかえる。バクバクがズキズキに変わるくらい、はげしく打つ。たのむよ、なんとかなってくれ。

しばらくして、風馬はゆっくり息をはいた。

荒《あら》かった息も、しだいにおとなしくなっていく。

症状《しょうじょう》が、吸いこんだ薬の効果《こうか》でおさまってきたみたいだ。

危機《きき》を脱《だっ》したか。

あぶなかった。マジでびびった。

こわかった。

「あ……ありがとう。助かった」

風馬が、ミクロの空気のつぶ、ほどの声量で言った。

「んー、まあええって」

おれはさらっと流した。こうなったことの責任《せきにん》を、すこし感じていた。

「風馬の持病なんか？」

「うん……ぜん息。このところ、ほとんど発作《ほっさ》は出てなかったんだけど……ごめん」

あやまられてしまい、こんどはおれの息が苦しくなる気がした。

薬が、風馬にとっておそらく定位置である半パンのポケットになかったのは、おれのせいだ。たぶん風馬は、因島《いんのしま》で海に足をつけたとき、薬がぬれないようポケットから出して、リュックにうつしたんだと思う。それを、急な発作にみまわれてパニックになり、忘《わす》れてしまったにちがいない。

おれが海に入らなけりゃ、風馬もおれのまねをすることはなかったはずなのだ。

風馬の頭がおれの腹《はら》からはなれた。もそもそと起き上がって、リュックの中身をひろいはじめる。風馬が大量の汗《あせ》をかいていたからか、フリーになったおれの腹は、ぬれてすーすーした。

おれは地面にちらばった荷物を集めるのを手伝った。持ち物にふれると、また「うるさいっ」系《けい》の攻撃《こうげき》を受けるかも、とじゃっかん身をかたくしていたが、風馬は何も文句《もんく》を言わなかった。

「あれ、なんでそんなもん持ってきとるんや」

風馬がひろったある一点に目をとめて、おれは言った。

白いパッケージに、カラフルな絵柄《えがら》。ゲームソフトのようだった。

「べつに」

すぐにそれはリュックにしまわれた。

「ひまつぶしに持ってきたんか」

といっても、ゲーム機本体はリュックに入っていなかったはずだ。

「べつに」以外に返答はなく、風馬がいつもの調子を取りもどしたことを確認《かくにん》したおれは、立ちあがった。

「つぎの橋が見えてきたのう」

リュックのふたをしめて、風馬も立つ。

あれはなんという橋かたずねると、風馬は「タタラ大橋《おおはし》」と答えた。

5 大三島《おおみしま》

多々羅大橋《たたらおおはし》までの細い坂を、半分こいで、半分歩いて、の方法で攻略《こうりゃく》する。

とちゅう、巨大《きょだい》なレモンのオブジェをまんなかに置いたベンチがあった。その横のモニュメントに、『国産レモン発祥《はっしょう》の地　～せとだ・エコレモン～』とある。

母ちゃんの好物、レモンのピールを思い出す。甘《あま》くてすっぱくて苦い、怪奇現象《かいきげんしょう》みたいな味のお菓子《かし》だ。チャリをかしてくれたお礼に、どっかで買って帰っちゃろーかのー、とうっすら思うが、たぶん、けっきょく、おれは買わない。自分の飲みものだけでせいいっぱいだ。

坂をのぼりきり、多々羅大橋を半分まで渡《わた》ったあたりで、

「おっ」

体力だけでなく視力《しりょく》にも自信があるおれは、前方の路面に、県境《けんざかい》のラインが引いてあるのをいちはやく見つけた。

ラインをはさんで手前に『広島県』、向こう側に『愛媛県』と記してある。

さっきの発作《ほっさ》で気力が落ちているかもしれんし、いっちょあいつを元気づけてやるか。

「風馬《ふうま》ぁー！　いよいよ愛媛県に突入《とつにゅう》じゃぁー！」

で、おれは県境《けんざかい》を越《こ》える瞬間《しゅんかん》、ばんざいする儀式《ぎしき》を思いつく。チャリに乗ったまま、両手をあげて通過《つうか》するのだ。ウイニングランみたいに。

「う――――」

いま、通過！

「よっしゃ――――――っ！」

両手をばっとあげる。

「おわっ」

フレームがゆがんだチャリでやることじゃなかった。

とたんにバランスをくずす。あせってブレーキをかけたら後輪が浮《う》いた。

「げえ」

ハンドルは制御《せいぎょ》がきかなくなり、おれは車体もろともすっころんだ。

「いーってえ！」

またも体力をがっつり持っていかれる。おそらくチャリの寿命《じゅみょう》もちぢんだ。

「何やってるのさ。ドジだな」

おれがひざを抱《かか》えているそばに、風馬のクロスバイクがビシッとつっこむようにとまった。

「愛媛に入る瞬間《しゅんかん》にポーズをキメるつもりじゃったんじゃ」

説明するのもアホらしくなってきた。

おれはブフッとふきだしてしまった。ほんまじゃ、何をやっとるんじゃ。

見ると、風馬の口元もゆるんでいる。さすがのこいつにもウケたか。

風馬に、「ドジだな」と笑う元気があることに、おれはほっとした。すっころんでよかったと、ちょっとだけ思った。

「腹《はら》、へらんか」

「うん、おなかすいてきた。多々羅大橋を越《こ》えたら、道の駅でごはん食べよう」

「ええのう」

おれも、がぜん元気アップ。

橋を渡《わた》って坂道をくだってゆくと、ふもとがにぎやかだ。

たくさんの自転車と自動車が見える。

おりきったところに、多々羅《たたら》しまなみ公園《こうえん》という道の駅があるのだ。

駐車場《ちゅうしゃじょう》が広い。自転車を止めるスペースも充実《じゅうじつ》している。

風馬は、鉄棒《てつぼう》みたいなやつにクロスバイクのサドルをひっかけて、ナンバー式のカギでロックした。おれはその横にとめて、スタンドを立てる。こいつを盗《ぬす》むもの好きはいないだろうが、いちおうカギをかける。

まずトイレに行った。それから、

「くおーっ腹《はら》へった、のどかわいた」

「あっちにレストランがあるみたいだ」

指さした風馬に、ひょこひょことついていく。

「いま、十一時すぎか。昼までに片道制覇《かたみちせいは》するのは、きびしかったな……」

「毎回、橋の入り口で歩いとるもんの。しゃーないで」

いそぎたいのはやまやまだが、ぜん息の発作《ほっさ》が起こったばかりだ。むりはできない。おれもあんな恐怖《きょうふ》、二度とごめんだ。

そんな緊張感《きんちょうかん》がつづくなかでも、運はおれらに味方しているようだ。生口島《いくちじま》の終わりくらいから雲が増《ふ》えてきて、そのぶん直射日光《ちょくしゃにっこう》を浴びる時間もすくない。コンディション的にはかなりラッキーだ。

「コタ」

レストランに入り、食券《しょっけん》を買うべくならんでいたら、風馬が言った。

「なんじゃい」

「きょうはありがとね」

直球。スルーしきれないまっすぐさだ。

ずっとなまいきだと思ってたやつから言われるお礼のことばは、反応《はんのう》にこまる。

「えー、あー、かまわんよ」

「ごはん、なんにする？」

「食えりゃ、なんでもええわ」

「じゃ、ぼくがおごるよ」

「ええって」

四年におごられたら、六年としてのプライドがゆるさん。

「頼《たの》む。おごらせて。この恩《おん》をチャラにしときたいだけ」

さらっといやらしい理屈《りくつ》をはくのは、風馬なりの照れかくしかもしれない。

「ほんじゃ、一回だけおごらせたる」

「なんでもいいんだよね。こっちはまかせて。コタは席、確保《かくほ》しといてくれる？」

「オッケ」

おれは列をはなれた。

窓辺《まどべ》のほうにあいたテーブル席を見つけて、ヘルメットとキャップをぬいだ。ウエストバッグも外して置く。さいふだけ半パンのポケットに入れなおして、おれは水をもらいに向かった。

給水コーナーで、コップに水をくんで、その場でがぶ飲み。それを二回くりかえした。まだ飲み足りなかったが、おれの後ろにふたりならんだので、あきらめて、おれと風馬のぶんの水をコップに入れて、テーブルに運んだ。

外食ってひさしぶりだなー。まえはいつしたっけ。覚えていない。

きょうは丸一日遊びにでかける、と両親には言ってある。母ちゃんもおれの昼めしは用意しなくていい。チャリを出動させる許可《きょか》も得《え》ている。ぷはー水がうまい。

食券《しょっけん》を買い終わったのか、遠くで風馬がきょろきょろしている。

おれは軽く手をふった。

風馬は気づかない。立ちあがって両手を大きくふったら、ようやく気づく。リュックとヘルメットを横のイスに置き、おれの向かいに風馬は座《すわ》った。

「おつかれ」

「うん」

「いま、どんくらい走ったことになるんや」

「半分くらいかな」

「まだ半分かー」

片道《かたみち》の半分ってことは、全体の四分の一だ。おれら、往復《おうふく》する予定なんだから。片道だけのギブアップは実質不可能《じっしつふかのう》。今治《いまばり》で音《ね》をあげても、とにかく自力で尾道《おのみち》にもどるほか道はない。

「五十一番、五十二番のかたぁ〜」

カウンターから声がした。

「あ、ぼくらの定食だ」

「よっしゃー」

おれはコップの水をぐびっとやって、席を立った。

カウンターに定食を取りに行く。

「ぼくら、五十一番と、五十二番です」

風馬が言うと、

「はーい、お待たせしました」

おばちゃんが、定食のプレートを手前に出した。

「天ざる定食ふたつねー」

……マジか、やられた。


風馬の食いっぷりがなかなかいい。蕎麦《そば》をずるっとすするさまは豪快《ごうかい》ですらある。

「うまい。コタも食べてよ、えんりょなく」

「お、おう」

痛恨《つうこん》のミス。

こんなことならリクエストするんだった。おれ、しらす丼《どん》が食いたかったかも。いや、蕎麦以外ならなんだっていい。

思えば、きのう風馬に持病を聞かれたとき、かくさず答えときゃよかった。

おれは蕎麦アレルギーなのだ。

「もしかして、つかれすぎて、食欲《しょくよく》が失《う》せたとか」

メガネの奥《おく》の丸い目が、きょろきょろとせわしなく動く。

ここはいさぎよく打ち明けよう。

「じつはおれ、蕎麦《そば》アレルギーなんよ」

「ええっ」

風馬は、おれの予想より大きめのリアクションでおどろいた。

「わ、ごめん」

もうしわけなさそうに箸《はし》を置く。

「いや、おまえは食え。ヘタ打ったんは、おれじゃ。なんでもええって言ったんじゃけぇ」

「けど……。あ、そうだ」

風馬は箸を持ちなおし、

「天ぷらは食べられるの?」

「食えるで」

大好物だ。

天ぷらにすれば、苦手な野菜もいける。ピーマンとか、ナスとかも。天ぷら万能説《ばんのうせつ》。

「じゃあ、ぼくの天ぷら、ぜんぶあげる。コタの蕎麦《そば》とチェンジしよう」

「マジでか」

「いいだろ。ぼく、蕎麦好きだし」

「ほんまか？　むりしとらんか？」

風馬はみごとな箸《はし》さばきで、自分の天ぷらをすべておれの皿に移動《いどう》させた。おれのえんりょを、一気に無効化《むこうか》する妙技《みょうぎ》。

「じゃ、蕎麦はぼくがもらうね」

おれの手元に、二倍になった天ぷらと、みそ汁《しる》と、お新香《しんこ》とひじき。あとはたらふく水が飲めれば、おれは満足だ。

「サンキュー」

おれはぼそりと言った。

声は小さかったが、これは大いなるサンキューだ。

先を急ごう、と席を立つ風馬の動きを、のろりと目で追う。

「もうちょい休もうで」

おれはゲップした。

食える範囲《はんい》のものはすべて平らげた。

いっぽう風馬は、さすがにざる二枚《まい》は多すぎたか、おれのぶんの蕎麦《そば》はすこし残していた。

「雨が降《ふ》らないうちに行こう」

「え、降るかもしれんか？」

雲はふくざつに重なって、いまは太陽をおおってはいるが、広大な青空を支配《しはい》するってほどじゃない。もし天気がくずれても、おれは一回海に入っているし、半パンを自然乾燥《しぜんかんそう》させているし、多少の雨はべつにかまわん、と思っていた。

「──けど、そうじゃのう、行くか」

帰りが日暮《ひぐ》れをすぎるのはダルい。ただでさえ機動力のおとるママチャリで、それにくわえてライトを灯《とも》したくない。母ちゃんのチャリのライトは、ローラーを車輪にあてて発電しながら灯す仕様だ。あれだけでペダルがクソ重たくなる。気分的に。

おれはカープのキャップとカワバタ設備《せつび》のヘルメットをかぶった。

レストランを出て、チャリのカギを解除《かいじょ》すると、おれはひとつだけ風馬に提案《ていあん》した。

「のう、あっちに《サイクリストの聖地《せいち》》の記念碑《きねんひ》があるみたいで。行ってみんか」

レストランの裏手《うらて》に記念碑《きねんひ》があることを示《しめ》す看板《かんばん》が立っていた。

「うーん」

「ええじゃろ、あと五分。食ってすぐサドルにまたがったら、肛門《こうもん》が裂《さ》ける」

「けつが悲鳴をあげる」と表現《ひょうげん》したかったのに、グロい下ネタみたいになってしまった。

「気持ち悪いこと言わないでよ」

「風馬は痛《いた》くないんか、けつ」

「痛いよ、そりゃぁすこしは」

「すこし！　よく耐《た》えられるのう」

おれも耐えてはいるが、風馬はもっと平然としているように見える。体が弱いのにけつだけは屈強《くっきょう》って、おい。

「もともとおしりが痛くなりにくいサドルだし、いちおうサイクリング用のインナーパンツをはいてるんだ」

衝撃《しょうげき》を吸収《きゅうしゅう》するパッドが仕込《しこ》まれたインナーパンツだと、風馬は言う。

「ほんまに準備万端《じゅんびばんたん》じゃの。いつから計画立てとったんや。けっこうトレーニングつんだんか」

「ことしの三月からかな、自転車は毎日乗るようにしてた。短距離《たんきょり》ではあるけど、サイクリングはしょっちゅうやってるよ」

日焼けしているのはそのせいか。四六時中図書館にいるイメージだった。

なんかしゃくだ。

おれがまた口をひらこうとしたら、風馬は「じゃあ、ちょっとだけ」とクロスバイクを押《お》して、記念碑《きねんひ》のほうへ歩きだした。「おれなんかママチャリでぶっつけ本番――」とか言われることを警戒《けいかい》したのか。うん、もちろん言うつもりだった。けど、これは文句《もんく》じゃない。おれってすごいじゃろ、とアピールしたかっただけだ。

記念碑は、三つの石の柱の上に平らな石を置いたものだった。

三つの柱のうちひとつは、ぬりかべみたいな側面をしていて、何を意味するのか穴《あな》が二か所あいている。その下に、《サイクリストの聖地《せいち》》と記されている。

はるか後方に、さきほど渡《わた》った多々羅大橋が望める。

写真撮影《しゃしんさつえい》の順番待ちが生じていた。そりゃみんな、ここで記念撮影したいよ。せっかく自由研究の題材にしまなみ海道《かいどう》を選んだのだから、このポイントを逃《のが》す手はない。そういえば、今朝から風馬が風景などを写真におさめるところを見ていない。カメラは持ってきていないみたいだが、スマホさえあればなんぼでも撮《と》れるはずなのに。

順番がまわってきた。

「まんなかに立てや。おれが撮《と》ったるわ」

風馬からスマホを借りて、おれはかまえた。

チャリの横でちょこんとつっ立つ風馬は、表情《ひょうじょう》がかたい。

けど元が幼《おさな》いふんいきなので、なかなか映《は》える。そこはかとなく〝おいらがんばってます感〟がかもしだされるのだ。

「はいちーず。おーええ感じじゃ」

撮った写真を風馬に見せてやる。

「ふたりいっしょに撮ってあげようか?」

だれかに声をかけられた。

ふりかえると、人のよさそうなガリガリのおっさんがほほえんでいる。一本のエノキダケを思わせる人物だ。

「ううん、ええよええよ、おれ写真とかアレじゃもん」

おれは手をぱたぱたふった。

「えんりょしなくてもいいのに」

「じゃあ、お願いします」

と風馬がスマホをその人にたくした。おれにといい、カワバタさんにといい、人に頼《たの》みごとをするのが平気なたちなのかもしれない。

おれらふたりはならんで、記念碑《きねんひ》の前で写真を撮《と》ってもらった。クロスバイクとママチャリもしっかり写りこむ。

「君の自転車、それか」

ガリガリのおっさんが、おれのチャリを見て言った。

「あ……うん」

「ロックだな」

カワバタヘルメットを、コンココーンとリズミカルにこづく。

「無事を祈《いの》るよ、少年たち。がんばろう、おたがいに」

親指を立てたガリガリのおっさんに親指を立てかえし、おれらはチャリにまたがった。

さあて、旅を再開《さいかい》しようぜベイベー。

瀬戸内《せとうち》しまなみ街道《かいどう》
サイクリングロード
[生口島《いくちじま》～今治市《いまばりし》]
尾道市
スタート地点
向島
因島大橋
佐木島
因島
瀬戸内海
生口島《いくちじま》
生口橋
多々羅大橋《たたらおおはし》
道の駅
多々羅《たたら》しまなみ公園《こうえん》
《サイクリストの聖地《せいち》》の
記念碑《きねんひ》
大三島《おおみしま》
伯方島《はかたじま》
大三島橋《おおみしまばし》
伯方《はかた》・大島大橋《おおしまおおはし》
大島《おおしま》
来島海峡大橋《くるしまかいきょうおおはし》
折り返し地点
今治市《いまばりし》

6 伯方島《はかたじま》・大島《おおしま》

つぎの大三島橋《おおみしまばし》は、道の駅からそんなにはなれていなかった。

けつの痛《いた》みと股《また》がすれてひりひりするのをのぞいて、走行は順調だ。自転車って乗り物は、たいそう丈夫《じょうぶ》につくられているんだな、と感心する。ママチャリでこれだけ活躍《かつやく》できるなら、もっといい自転車は、そりゃぁいい走りができるんだろうな。風馬《ふうま》が言うように。

「風馬、チャリの調子はどうや」

坂のとちゅう、チャリをおりたタイミングで、聞いてみた。

「問題ないと思うよ」

「体調のほうは?」

「うん、だいじょうぶ」

この「だいじょうぶ」が、ほんとうの「だいじょうぶ」なのかは、おれにはわからない。

短い大三島橋を渡《わた》って、三キロくらい走ったかな、また道の駅があった。

伯方《はかた》S・Cパークというところだ。

小休憩《しょうきゅうけい》をとり、おれは塩ソフトを買った。こんなの食ったらよけいにのどがかわくかなぁとも思ったが、のぼり旗の誘惑《ゆうわく》に負けた。

「うおっ、これうんまっ。奇跡《きせき》の味じゃ。風馬もちょい食うか」

おれがべろんべろんなめて低い丘《おか》みたいになった塩ソフトを見た風馬は、無言で首を横にふった。

伯方S・Cパークを出たら、すぐつぎの橋。

「伯方《はかた》・大島大橋《おおしまおおはし》だよ」

いいペースだ。これで五本クリアしたことになる。前半のゴールが近い。

伯方島から大島に渡り、海岸線に出るころ。

ザァ――――ザァ――――と、烈風《れっぷう》のごとき轟音《ごうおん》が、あたりの空気を満たした。

海の景色も、いままでと何かがちがうと感じつつ、ペダルをこぐ。

そして、何がちがうのか、わかった。

海が、動いている。

「うわあ、なんじゃここ！」

おれはさけんだ。チャリを思わず急停止《きゅうていし》させる。

キィーと、風馬もブレーキをかけた。

「風馬、見てみい、海が動いとる」

「うん。すごい潮流《ちょうりゅう》だね」

潮流。そうか、海も流れるのか。

瀬戸内海《せとないかい》は、どこも静かで波のない、平和な海だと思っていた。尾道水道《おのみちすいどう》ばかりを見て育ったおれは、あのおだやかな海がふつうなのだと信じていた。

向こうに見える島のあいだを、海水は右から左へ、たけりながらハイスピードで流れてゆく。

手前の海面はそのスピードにもてあそばれるように乱《みだ》れ、いくつも波の輪を描《えが》き、渦《うず》になりかけているところもある。

輪は広がっては消え、消えるころには新しい輪が広がる。それが無限《むげん》に重なって、海全体が、えたいの知れないうごめき方をしていた。

「足つけた瞬間《しゅんかん》に引っぱられていきそうじゃ」

「なんかヤバいね」

「ヤバいヤバい。風馬みたいな海じゃ。巻《ま》きこまれたら大変じゃ」

おれのせりふを、さほど気にするふうでもなく、風馬は言った。

「戦国時代に瀬戸内海を支配《しはい》してた村上海賊《むらかみかいぞく》は、こういうふくざつな潮《しお》の流れを読むのが得意《とくい》だったそうだよ。だからきっと、支配することができたんだ」

瀬戸内海には、海賊もいたのか。

おれの知らない海の流れと、海の民《たみ》。やっぱり瀬戸内海は、せまくはなかった。

「風馬みたいな、海」

嫌味《いやみ》のつもりで言ったことばのひびきを、おれはなんだか気に入っていた。

「ぼく……この海みたいかな」

つぶやいた風馬の横顔は、とまどっているようにも見え、それでいて、どことなく誇《ほこ》らしそうにも見えた。

この海が風馬なら、じゃあ、おれみたいな海も、どこかにあるのだろうか。

どんな海だろう。

交差点を右折して、海岸線からおさらばした。

そこからがハードだった。

これまでにないほど、道のアップダウンがはげしかったのだ。

歩道に腰《こし》をおろして、一時休憩《いちじきゅうけい》。

「ばりしんどい」

さいしょのころは、こっそりはいていたグチも、いまや、はばかることなくもらす。

風馬はおろしたリュックからファイルを取り出した。

ぱらぱらとめくって地図のページをひらく。

「わ、コタ、見て」

おれにファイルをよこす。

「ここんとこ、ほら」

「なんや、これ」

「コウテイヒョウ」

コウテイヒョウと聞いて、「行程表《こうていひょう》」かと思ったらちがった。「高低表」だった。

尾道《おのみち》から今治《いまばり》までの七十キロメートルをグラフ化したものだ。横が距離《きょり》と地域《ちいき》を表して、縦《たて》が標高を表している。つまり読んで字のごとく、コースの高低をしめすグラフだ。

コースのなかでグラフの線は、いくどもデコボコをくりかえす。橋のところで、線の山がどーんとつきあがる。どの橋も、高さはだいたいいっしょで、五十メートル弱のようだ。……ふぅん。もっと高いかと思っていた。はるか雲の上、くらいに。

だけど、

「こんなアップダウン、よくここまでがんばってきたのう」

おれは自分らに感心する。

「このいっちゃん高いところが、んーと、どこの橋や?」

ほかの橋を抑《おさ》え、ナンバーワンに突出《とっしゅつ》した部分がある。そこは高さ七十メートル以上はあるのだ。

「これ、橋じゃないよ」

「じゃ、何」

「いま走ってる大島の道だよ」

「うそじゃろ!?」

たてつづけに大島の地図を見せられた。

海岸線をはなれ、ラストの橋『来島海峡大橋《くるしまかいきょうおおはし》』まで、島をほぼまっすぐ縦断《じゅうだん》するかたちになるらしい。そのコースは、これまで渡《わた》った橋よりも標高が高いのだった。

「めまいがしてきたで」

「でも距離的《きょりてき》に、今治市街地まであとちょっとだよ」

と言っても、地図をぱっと見たところ、十キロはある。

ダルいダルいと思っていたら、体がますます重たくなる。

えーいと気合で立ち上がり、

「こうなりゃ、とことんやっちゃらぁ！」

おれはその場でシャドーボクシングをはじめた。

「うっわ、ダサ」

風馬に苦笑いされる。

「気合を入れなおすんじゃ」

「ムダに体力を消耗《しょうもう》するだけさ」

風馬に冷静につっこまれると、自分が最低ランクのポンコツ車になった気分になる。

でも——と、風馬がつづけた。

「コタはすごいね」

「はあ、なんがじゃ」

反対車線を尾道方面へ走るサイクリストが、こっちを見ていたので、ボクシングのまねごとをやめた。

「ずーっと無条件《むじょうけん》で元気だし」

無条件で元気――ってなんだ。

「いるだけで明るい感じ」

けなされているわけじゃないのは、わかる。

「ずっとつけっぱなしになってる電球、って感じの明るさ」

「エコじゃないのう、おれは」

おれのほうこそ苦笑いしたくなる。自分に対して。

「けど、消《け》し忘《わす》れてつきっぱなしになってるってわけじゃないんだよ。わざとつけてあるんだ。たぶん、それができるから。コタはＬＥＤライトみたいなもんかな」

風馬はファイルをリュックにおさめた。

おれだって、ときには消えたくなるとき、あるで。

きょうが、そうだったから。

一日だけ。日常《にちじょう》から遠ざかりたくなって、おれは風馬と旅をしている。

上り坂は、息があがる手前でチャリをおりて歩き、下り坂はふたたび乗る——という橋の坂と同じスタイルで、大島の峠《とうげ》をクリアした。

長かった。

来島海峡大橋の手前に、道の駅がある。よしうみいきいき館《かん》だ。敷地全体《しきちぜんたい》から焼いた海鮮類《かいせんるい》のにおいがただよってくる、罪《つみ》な道の駅だ。

風馬の大容量《だいようりょう》の水筒《すいとう》も、とうにからっぽ。自販機《じはんき》でジュースを買って、補充《ほじゅう》していた。

おれはトイレの手洗《てあら》い場《ば》で顔を洗った。流れる水がしょっぱい。

「雲が多くなってきたね」

「ほんまじゃの。けど、太陽さんさんよりは、このほうがマシじゃろ」

キャップをびちゃびちゃにひたして、かぶりなおした。ヘルメットもぬれてしまうが、カワバタさんに返すときに乾《かわ》いていればいいよな。

十分ほど休んで、チャリにまたがった。

けつがサドルに乗せるたびに痛《いた》い。しばらく走ると痛みもやわらぐからふしぎだ。ただ、股《また》はあいかわらずひりひりする。

来島海峡大橋は、全六本のうち、もっとも長い橋だ。

正確《せいかく》には第一大橋と第二大橋と第三大橋、三本の橋がつらなっているそうだ。だから一本目を渡《わた》り終《お》えたとき、おれがあと何本の橋を渡るのかたずねたら、風馬はどう答えるか迷《まよ》っていたのだ。

こいつを渡りきれば、ついに四国に上陸することになる。その瞬間《しゅんかん》を想像《そうぞう》するにつけ、感動もひとしおだ。

大つぶの水が、おれの手に落ちた。

キャップをぬらしすぎたかな、とも思ったが、水滴《すいてき》の落ちてくる角度がおかしい。

また一滴。そしてつぎの一滴。

「雨か」

怪《あや》しくなっていた雲行きは、気づけば雨天へ直行だ。

またたくまに本降《ほんぶ》りになる。

「ごわ――っ。スコールじゃ！」

巨大《きょだい》な橋の上、無数の雨つぶが攻撃《こうげき》してくる。前すらまともに見えない。

風馬はチャリをおりた。とたんにすべって転ぶ。

「風馬ーっ」

おれの呼《よ》びかけは、むなしく雨にかき消される。

風馬は地面にベタ座《ずわ》りになったまま、背中《せなか》からリュックをおろし、雨合羽を出した。まず、いろいろ入っているリュックを守らなければ、と考えたのだろう。多少はもたつきながらも雨合羽をぱっと広げて、うまくかぶせた。それから、わずかに雨が弱くなったタイミングを見はからって、リュックを背負《せお》いなおし、リュックごとつつむように雨合羽をはおった。

おれはといえば、とっくの昔に全身ずぶぬれだし、ぬれてこまるものも持っていないし、風馬が雨合羽を装着《そうちゃく》するのをおとなしく待っていた。

「コタ、お待たせ！」

「ええで！　きょうはこれで風呂《ふろ》に入ったことにするわ！」

おれは、わきの下をごしごしやるまねをした。

「きんもちえーっ！」

よゆうでいられるのも、数分後までだった。

チャリのようすがおかしい。

「ああっ、いけん、空気がぬけとる！」

後輪が、ずりずりすべる。スピードが出ないのは雨のせいだけじゃなかった。

「パンクしたの⁉」

「わからん！」

答えたものの、パンクでなくて、ほかにどうやって空気がぬける？　考えてみりゃ、いつパンクしてもおかしくないボロチャリだった。

「ぼく、パンク修理剤《しゅうりざい》持ってる！」

「マジか！」

そういえばリュックをひっくりかえしたとき、空気入れのほかに、スプレー缶《かん》みたいなやつもあったな。あれがそうじゃないだろうか。

「この状態《じょうたい》じゃむりだから、どこかで雨をさけよう！」

といっても橋の上だ。前も後ろも、究極の一本道。雨をしのぐ場所などありはしない。

景色はけぶって、いっさい見えない。しまなみ海道《かいどう》でいちばん長くて大きい橋なのに、そのおもしろみが、雨で封印《ふういん》されてしまっている。

「もうちょっと行ったところにエレベーターがあって、下の島におりれるみたいなんだ！　そこまでがんばろう！」

「了解《りょうかい》！」

おれはチャリを押《お》して走った。

低い空が光る。稲光《いなびかり》だ。

おくれて、雷鳴《らいめい》。

まさか雨をつたって感電しないよな。なんとなく全身がビリビリしびれる気がする。

「雨がなんぼのもんじゃぁぁあああっ！　うおおおおおおっ！」

嵐《あらし》のなか、おたけびをあげながらママチャリを押して走る、おれ。

ガリガリのおっさん、これもロックかな。


どうにかエレベーターの場所に到達《とうたつ》。雨も小降《こぶ》りになってきた。

エレベーターに乗りこんだときは、心底ほっとした。

「はあ〜〜あ〜〜あ〜〜」

長い息をはくと、風馬も「はあ」と短くはいて、雨合羽のフードをとった。ずれたメガネは白くくもっている。くちびるの色がうすい。

エレベーターをおりたところに公衆《こうしゅう》トイレがあった。

その屋根の下で、風馬にパンクをなおしてもらった。

やっぱりあのスプレー缶《かん》みたいなやつが、パンク修理剤《しゅうりざい》だった。缶の頭の先端《せんたん》をバルブにあてる。そのまま頭を押《お》すと修理剤がチューブに送りこまれ、同時に空気も入るしくみらしい。

「あくまで応急処置《おうきゅうしょち》だから、今治に着いたら自転車屋に入ろうか。チューブ交換《こうかん》したほうがいいかも」

「じゃろうのう……」

タイヤのみぞも、ずいぶんすりへっている。

メンテナンスもなしに、よくここまでもちこたえている。


エレベーターで橋の上にもどった。

雨はだんだん弱まっていき、ぬるい風が晴れ間をつれてきたころ、おれらは長い橋を渡《わた》りきった。

ゆるやかなカーブの道を下るとちゅう、サンライズ糸山《いとやま》という施設《しせつ》によった。レンタサイクルのステーションや、宿泊施設《しゅくはくしせつ》もあるところのようだ。

「ちょっと待ってて」

風馬はぬいだ雨合羽をぱっぱとふって自転車のハンドルにひっかけ、施設《しせつ》に入る。

しばらくして出てきた風馬は、手にタオルを持っていた。

「これ買ってきた。使って」

今治《いまばり》タオルだ。おれでも知ってるご当地ブランド。

「ほいじゃおことばに甘《あま》えて、ちょい借りるわ」

「あげるよ。きょうのお礼」

「やめろや、おまえ、キャラ変わりすぎじゃろ」

はっきり言ってやった。

「どういう意味？」

なまいきな、性格《せいかく》の悪い、クソガキだったくせに——。

「いや、なんでもない」

おれが一方的になまいきと思っていただけなのか。けど、だったらどうして、さいしょに「うるさいっ」とおれをつっぱねたんだ。誤解《ごかい》しても、しかたがないじゃないか。

風馬がくれたタオルには、自転車の絵が描《か》いてあった。

施設《しせつ》の奥《おく》へ行ったところに、木でつくられた『SHIMANAMI』という大きな文字があった。背景《はいけい》には、ばばーんと来島海峡大橋の雄姿《ゆうし》。

「風馬、スマホかせ。写真撮《と》ったる。嵐《あらし》の大橋、突破記念《とっぱきねん》じゃ」

Tシャツも半パンも、もう乾《かわ》きはじめている。

風馬もまんざらではないようで、すなおに応《おう》じた。

「まんなかの『A』のところに立てや」

おれはスマホをかまえようとした。

「ありゃ」

画面が暗いままだ。いましがた風馬は、カメラを起動させてくれたと思ったが。

「これ、画面が消えとるで」

風馬に返して、見てもらう。

「ほんとだ」

電源《でんげん》が入らないらしい。いまの瞬間《しゅんかん》、こと切れたように、スマホは動かなくなった。

「雨にぬれちゃったからか」

「ピンチじゃんか。どうするんよ」

スマホって、ブルーラインのつぎくらいにだいじな命綱《いのちづな》って感じがする。

「乾燥《かんそう》させれば復活《ふっかつ》する場合があるらしいんだけどなぁ」

風馬は思いのほか落ち着いている。おれよりよっぽど肝《きも》がすわっている。

「しょうがない。とにかくふもとにおりて、前半のゴールをしよう」

前向きだな。

おれはもらったタオルを、風馬と同じように首に巻《ま》いて、軽くしばった。

7 今治市内《いまばりしない》

今治の、どこを折り返し地点とするのか。

はっきりとは聞かされていない。

サンライズ糸山《いとやま》を出てからは、風馬《ふうま》が前を走った。おれはそれを追う。

道が平たんになり、何分か走ったのち、小さな公園に入った。

「ちょっとトイレ」

風馬は個室《こしつ》にかけこんだ。

雨で、腹《はら》をこわしたのだろうか。なかなか出てこない。

おれはひとりで自転車を走らせ、見つけた自販機《じはんき》でファンタを買って、ぐびぐびとのどをならした。

これで何本目だっけ。さいふの残金を数えれば、正確《せいかく》に何本いったかわかるが、たぶん五本目だ。きょうは二・五リットルもジュースを飲んでいる。ふつうの水を入れればもっと飲んでいる。水分補給《すいぶんほきゅう》に八百円。このあと、自転車屋によってチューブを交換《こうかん》したら、そっちにはいくらかかるだろう。

公園にもどると、ちょうど風馬がトイレから出てきた。

顔色が悪く、あぶら汗《あせ》がひどい。猫背《ねこぜ》でのろのろ動くすがたは、ゾンビとすんぶんたがわない。

「おいおい、体調不良全開の見た目しとるじゃんね」

「おなかが……痛《いた》くて」

やっぱり。雨で冷えたせいだ。

「いけんのう。どっかで休もうで」

「コ、コタはどう」

「どうって」

「体調……さっき、めっちゃ雨にぬれてたから」

風馬がおれの心配をしてくれている。

「いまは自分のことだけ心配せーや」

つっけんどんな言い方になってしまった。

公園内、葉っぱばかりモサモサになった藤棚《ふじだな》の下のベンチに、おれらは腰《こし》を下ろした。

いま何時かな……。

太陽の位置は、まだ高い。さんざん雨をふらせた雲は、気がすんだのか、うそみたいにずらかりやがった。水分補給《すいぶんほきゅう》だけはおこたらぬよう気をつけつつ、もうしばらくは休んでいよう。後半戦の気力と体力を復活《ふっかつ》させねば。

風馬の顔にも、いくぶん色がもどってきた。こわばっていた体もほぐれてきたみたいだ。

「ここが折り返し地点ってことでええか」

ううん、と風馬は小さく首をふった。

「なんや、ばりこだわっとるのう」

「すぐ近くだよ」

そろそろ行こっか、と風馬が立ち上がる。

「もう？」

「前半のゴールをしよう。そのあとまた休憩《きゅうけい》すればいいよ」

それぞれのチャリにまたがる。

おれのタイヤは、応急処置《おうきゅうしょち》のわりに、いまのところしっかりかたさを保《たも》っている。

風馬は住宅地《じゅうたくち》の路地を進み、やがてチャリをとめた。

水分補給《すいぶんほきゅう》のための一時停止《いちじていし》かと思い、おれは再《さい》スタートを待った。

すると風馬はチャリをおりて、スタンドを立てた。

それから、ある家の門のチャイムのボタンに指をのばした。

「は？　どこ、ここ」

おれはバカみたいに声をもらした。

表札には『箕浦《みのうら》』とある。むずかしい漢字だ。

家のなかから反応《はんのう》はない。

けたたましいセミの声にまじって、どこかでキジバトが鳴いている。

けっきょくだれも出てこなかった。

チャイムを押《お》した瞬間《しゅんかん》は、なかなかの緊張感《きんちょうかん》を生んでくれたが、このびみょうな待ち時間は
おれに、いろいろなことを考えるよゆうを持たせてくれた。

今治の折り返し地点。前半のゴール。

もしかして風馬は、この町のだれかに会いたかったとか？

自由研究には、その人物と会うっていうイベントもふくまれていたのでは。……てゆっか、もともとそれ自体が、サイクリングの目的だった？

だとしたら、だまされた気分がぬぐえない。

「留守《るす》みたいだ」

風馬はしょんぼりしている。

聞きたいこと、言いたいことはいっぱいあるが、まずおれは提案《ていあん》した。

「知り合いじゃったら電話してみいや」

風馬はリュックからスマホを取り出した。画面は暗いままだ。

「まだ死んでる」

ぶっそうな言い方だ。今後よみがえる予定はあるのだろうか。

「ここの人に会うのが、ゴールだったんか」

おれは単刀直入にたずねた。

「う……ん」

風馬の返事はあいまいだ。

「家を出るまえに、連絡《れんらく》しとらんかったんか」

風馬はだまりこくったまま、チャリにまたがった。

なんとか言えよ。体調が悪いのはわかるけど。

いま質問《しつもん》ぜめにしたら、よけい悪くなってしまうかな。

もやもやする。おれはいったい何につきあわされているんだ。


知らない町を、あてもなくさまよっている。

――というような感覚がおれにはあったが、風馬はある場所をめざしているみたいだった。広い道路に出て、小高い山が見える方向へチャリを走らせる。

横断歩道《おうだんほどう》を渡《わた》って道がせまくなると、左手に学校らしき施設《しせつ》があらわれた。

校門の前で、風馬はチャリをとめた。

ふと、おれは思ったことを口にした。

「もしかして、おまえがまえにおった学校か」

しゃべり方からして、風馬がねっからの尾道《おのみち》っ子《こ》じゃないことは、わかっていた。でもきょうび、テレビとかネットの影響《えいきょう》で、純粋《じゅんすい》な尾道弁《おのみちべん》をしゃべるやつなんて、地元でもほとんどいねーって、おれの同級生らも言っている。おれ自身も、こてこての尾道弁《おのみちべん》は、じいちゃんと、ヒートアップしているときの両親からしか聞いたことがない。だから、風馬とは違和感《いわかん》なく会話できていた。

じゃあ、風馬が使っていることばはどこのことばだ、と考えると、今治の方言でもないような気がする。引《ひ》っ越《こ》しが多い家族なのかもしれない。

「……三年の終わりまで、この学校にかよってた」

「やっぱそっか」

「あっ」と風馬が声をあげた。

「コタ、ここで待っってて！」

興奮《こうふん》した口ぶりで、おれにクロスバイクをたくす。

風馬は、かげろうがたった道を、リュックを上下にゆらしてかけてゆく。

おれはママチャリにまたがったまま、校門の前にとりのこされた。

風馬がかけていったほうには、三人の男子がいた。みんなアイスをしゃぶりながら歩いている。おれも食いたい。

「みのうらくん」

風馬の声がここまでひびく。

三人がふりかえった。ひとりは「みのうら」くんであることがわかった。『箕浦』の表札の家の子にちがいない。風馬は運よく〝ゴール〟と出会えたようだ。

背中《せなか》からリュックを下ろし、ふたをあける風馬。

なかから出したのは、パッケージだ。あの、ゲームソフト。

風馬が箕浦くんに、何かを言っている。

そのときだ。

アイスをくわえたままの箕浦くんが、風馬からゲームソフトをひったくった。かと思うと、あいたほうの手で、いきなり風馬の体をどんと押《お》した。

加減《かげん》はなかった。

そのため風馬の体は、いきおいよく後方へふっ飛んだ。あやうくガードレールに頭をぶつけるところだった。ヘルメットをかぶっているとはいえ、ぶつければそうとうな衝撃《しょうげき》だったろう。

背中からたおれた風馬は、首を左右にまわし、手をばたばたさせている。

メガネがどこかへ飛んだのだ。

箕浦と、ふたりの仲間が、地面にへばりついて身動きがとれない風馬に、じわじわとにじりよる。

あいつら……風馬をけるつもりか？

させるか、この野郎《やろう》。

「風馬っ」

おれはとっさにさけび、またチャリをほうってしまった。ゆるせママチャリ。

そして猛《もう》ダッシュ。ヘルメットもキャップもぬぎすてた。ゆるしてカワバタさん。

「おみゃーらなんしょんならぁ！」

どぎつい尾道弁《おのみちべん》の演技《えんぎ》をした。地元の同級生が、いまやだれも使わんと言う尾道弁を、あえて使ったのだ。おれ流のイカク。くらえ、じいちゃん仕込《じこ》みの尾道弁と両親ゆずりのでかい声。

「おんどりゃぁぁあああっ！」

突進《とっしん》するおれに、びびりたおす連中。恐怖《きょうふ》にゆがんだ顔。

ところが、箕浦のやつら、逃《に》げないのだった。

いや、おれとしても、逃げてもらわんとこまる。

こけおどし作戦は、ここまでだ。やつの胸《むな》ぐらをつかむわけにもいかんし、暴力《ぼうりょく》を注意するていねいなことばが、おれの口からうまく出てくるわけもない。

「こういうことしちゃ、いけんじゃろうが」

三人の男子を前にして、おれは最低限《さいていげん》の上級生らしさをキープした。

風馬をまっさきに起こしてやったほうがいいかな、とも思ったが、本人はメガネを探《さが》すのに必死で、よつんばいになっている。おれ、ふんづけてないよな、メガネ。

箕浦の仲間が、「行こうで」と言った。

逃《に》げるのか。

逃げろ。ありがたい。すまん、助かる。

やつらはおれに背《せ》を向けて歩いてゆく。

風馬がようやくメガネをひろって起き上がったとき、遠くから箕浦が、こちらへ向かってわめいた。

「ドロボー！」

はあ？

おれが顔をそっちに向けると、こんどばかりはいちもくさんに、箕浦たちは逃げ去った。

「ざけんなや。なんがドロボーじゃ」

「いいんだよ。ほんとのことだから」

ぱんぱんとおしりをはたいた風馬が、ぼそりと言った。

「ぼくが箕浦くんからゲームソフトを盗《ぬす》んだのは、ほんとなんだ」

風馬の言うことがリアルなら、どうりであいつら、すぐには逃《に》げなかったわけだ。

あいつらにとって悪いのは、風馬のほうだから。


ヘルメットとキャップをひろい、たおれたママチャリを起こす。

校門の前に座《すわ》りこんで、風馬の話を聞く体勢《たいせい》をとる。

「ぼく、ここにかよってたころ、箕浦くんたちから目のかたきにされてたんだ」

「なんで」

「知らないよ、そんなの」

風馬は思ったことをはっきり言ってしまいがちだ。きのうきょうのつきあいだけでも、よくわかった。この性格《せいかく》があだとなった可能性《かのうせい》はなきにしもあらずだが、あいつらの標的になった原因《げんいん》は、そんなんじゃない気がする。

たぶん、理由なんてない。だから「目のかたき」っていうことばになった。

学校生活に勝ち負けはない。なのに理由もなく負かされることがある。「目のかたき」は、負けを認《みと》めるのがいやで選んだことばなのだろう。

「やられっぱなしは悔《くや》しくて、いつか仕返ししてやりたいって思ってた。……転校することになったとき、そのチャンスが二度となくなるかもって……」

「…………」

「箕浦くんたちは、いつも何か、授業《じゅぎょう》と関係ないものを学校に持ってきてた。なんでもいいから先生に見つかったら怒《おこ》られそうなものを持ってきて、スリルを楽しんでたんだ。ぼくが転校するちょっとまえ、箕浦くんが持ってきたのが、ゲームソフトだった。ほかの仲間はマンガとかを持ってきてた。それをおたがい見せあって、だれがいちばん勇気があるか競《きそ》ってたよ」

「しょーもない遊び、しよるのう」

「ぼくは休憩時間《きゅうけいじかん》、すきをみて箕浦くんのソフトを盗《ぬす》んだんだ」

「箕浦、なくなったって、さわいだんじゃないんか」

「その日は気づいてなかったみたい。けど、つぎの日はどうだったのかな。わかんない」

「わからんって？」

「盗んだ夜から、ぼく、熱が出て、学校休んだから」

けっきょく引《ひ》っ越《こ》しする日まで学校を休むことになったのだそうだ。

「バチがあたったのかな。つぎの日に、教室の掃除用具入《そうじようぐい》れかどこかにもどしとく予定だったのに、それもできなくなった」

「ほんで、借りパク状態《じょうたい》になったわけか」

借りパクっていうか、パクパク？　どーでもええけど、腹《はら》が立つ。

「もとはといや箕浦が悪いんじゃろ。不要なもん、学校に持ってきやがって。あいつこそ、バチがあたったんよ。仕返しされてとうぜんじゃ」

「けど箕浦くん、さっきぼくがあやまるまで、すっかり忘《わす》れてたみたいだった。ぼくのことも、ソフトのことも。……仕返しにもなってなかったんだよ」

「忘れとったいうても、あいつ、風馬のことをつき飛ばしたじゃんか。あんなやつに返す必要はなかったんじゃ」

とにかくおれは、腹が立ってしょうがなかった。

「んなもん返さんと、とっととゴミに出しときゃよかったんじゃ」

「だめだよ」

風馬は小さな声で言った。

「だめなんだ。ちゃんと返さなきゃ。じゃなきゃ……」

ことばはとぎれて、風馬はおしだまった。

にえきらない結末。

こういうときは、具体的にやるべきことを決めるにかぎる。

いっそ、答えはかんたんだ。

「あいつらと鉢合《はちあ》わせせんうちに、帰ろうで」

8 榊原家《さかきばらけ》

地面から腰《こし》を上げると、くらっとする。

直射日光《ちょくしゃにっこう》に当たりすぎた。

校舎《こうしゃ》に設置《せっち》された時計を見る。二時十五分。

はやく出発したい。太陽はこんだけえげつない光線をあびせかけてくるくせして、しずむときはすぐしずむ。このペースだと、日没前《にちぼつまえ》にフィニッシュできないのは確定《かくてい》だ。

自転車屋によるチャンスが残っているなら、よりたい。まっくらやみで立ちおうじょう――なんて、サイテーなバッドエンドだ。

「のう、行こうで」

出発をうながすも、風馬《ふうま》の動きがのろい。

体調が万全《ばんぜん》じゃないという可能性《かのうせい》もあるから、むりに急《せ》かせない。

「じゃあ、もうちょい休むか。クーラーがきいとるスーパーにでも入ろうで」

風馬は首をふった。

「あと一か所だけ、行きたいところがあるんだ」

風馬が「行きたいところ」と表現《ひょうげん》したから、おれは地元の図書館とか、池とか川とか、それとも神社とかお寺とか、思い入れのある場所に立ちよりたいんだと思った。

ヘタな想像《そうぞう》は、ガラガラ抽選《ちゅうせん》ばりに、あたりまえに外れる。

風馬の「行きたいところ」とは、正しくは、もうひとりの「会いたい人」だった。


そのアパートは、小学校の先にあった。三階建てだ。

おれらはチャリを、数台ならぶスクーターの横に置いた。

風馬は入り口の集合ポストをながめている。

おれはやることがなく、風馬のつぎの行動を待っていた。

その風馬が、あまりにじっとして動かない。

いよいよラスボスは、箕浦《みのうら》をしのぐ超《ちょう》ド級《きゅう》の鬼《おに》か。

身をかたくしたおれは、風馬の目線をたどって、「あっ」と声をあげた。

『榊原』

ポストの名前は、風馬の名字と同じだった。

「おまえの名字と同じじゃんか。親せきんち？」

じいちゃん、ばあちゃんちか。それとも――。

「……同じじゃない」

ひどくかすれた声だった。風馬の体が、こきざみにふるえている。

「風馬？　だいじょうぶか」

ちきしょう、また言ってしまった。

こういうとき、ほんとうはどう言うのが正解《せいかい》なんだ。どう見ても風馬はだいじょうぶじゃない。

風馬は最後の力をふりしぼるかのように言った。

「同じじゃないよ。ぼくは、ヒロセだから」

ひろせ、ふうま、だから。

風馬は、ふっとくずれ落ちるように、その場にたおれた。イリュージョンで使われる布《ぬの》みたいだった。それくらい風馬の体は軽くてうすくて、くずれたあとに、音すら残さなかった。

おれはあわてた。ただごとじゃない。

おでこに手をあててみる。

熱い？　のか？　よくわからん。

ドラマとかで、体調不良の人物のおでこに手をあてたり自分のおでこをあてたりして「熱がある！」と判断《はんだん》するシーンがあるが、あんなにたやすくわかるものなのか。おれにはてんでわからん。ますますあわてる。

息が荒《あら》い。発作《ほっさ》がはじまるのかもしれない。

急いで風馬のポケットのチャックを開けた。薬はすぐに見つかる。

「とりあえず吸《す》っとけ」

風馬がやっていたのを思い出しながら、キャップを取って筒《つつ》をふり、口にくわえさせる。筒のてっぺんを押《お》すと、かすかにシュッと音がした。

うまく薬を吸いこめたのだろうか。

風馬はただ、ぜえぜえ息をするだけだ。わずかに開いた目が白い。

だめだ。生口島《いくちじま》のときと、あきらかに症状《しょうじょう》がちがう。どうする。

おれひとりじゃ、なんにもできない。

助けを呼《よ》ぶんだ。それしかない。おれは、顔をあげた。

『榊原』

２０８号室だ。

「風馬、待っとれ」

おれはしゃがんだ状態《じょうたい》から、でたらめなクラウチングスタートをかました。

集合ポストの奥《おく》の階段《かいだん》を二段跳《にだんと》びでかけあがる。

踊《おど》り場《ば》を一度曲がって数段上ると二階だ。

おれは通路をつんのめるいきおいでかけぬけた。

２０８号室を発見。

知らない人が暮《く》らす家。ためらわずにチャイムを押《お》した。

ピンポンピンポンピンポンピンポンピンポンピンポン！

怒《ど》とうの連打。ピンポンダッシュよりもたちが悪いかもしれんけど、しかたがないじゃないか。だって、

「風馬がヤバいんじゃ風馬がヤバいんじゃ」

チャイムを押しながら、くりかえしつぶやくと、泣けてきそうになる。

おい、ぜったい泣くなよ、おれ。

一心不乱《いっしんふらん》に祈《いの》る。

助けて助けて助けて助けて！

家の人、榊原家の人。いないのか。いたらはよ気づいてくれ。

とびらの向こうに、人の気配がした。

カギがあけられる音。

とびらがひらく。おれは指をチャイムからはなした。

「はい」

男の人だ。不信感と怒《いか》りがないまぜになった目を、おれに向ける。

かんぱつ入れずにおれはうったえた。

「ヤバいんじゃ！」

もっとうまく言えなかったものか。

「風馬を助け……てください」

このひとことが、男の人の表情《ひょうじょう》に変化をもたらした。

「風馬が来たの？」

おれは大きくうなずいた。

男の人はサンダルをつっかけて、通路に出てきた。

「こっち！」

おれはもと来た道を走った。

集合ポストの前にもどると、買い物帰りらしき女の人が、風馬を介抱《かいほう》していた。

「風馬！」

男の人がさけぶ。

「熱があるみたいねぇ」

女の人が自分の手を風馬のおでこにあてて言った。

すげぇ、わかる人にはわかるんだ。

「すみません、ありがとうございました」

男の人は女の人にお礼を言って、風馬を抱《だ》き起《お》こした。

リュックごとお姫《ひめ》さま抱《だ》っこして、二階へ運ぶ。

２０８号室にたどり着き、男の人がひじでチャイムをならすと、とびらから女の子があらわれた。

「お父さん。風馬、来――」

不安げな表情《ひょうじょう》の女の子は、「お父さん」に抱《だ》かれた風馬を見たとたん「わっ」と丸い目をさらに丸くした。

女の子がとびらをささえて、男の人が風馬とともに家に入る。

「君も入って」

男の人に言われ、

「どうぞ」

女の子にも言われた。

心のなかで「おじゃまします」を言って――うそ。心のなかでも言えていない――おれは『榊原』家に入った。

「土木工事のバイト帰り？」

女の子に変なことを聞かれた。

かぶったままのヘルメットを見てのことらしい。んなわけないだろ、小六だぞ。

「脱《ぬ》いでくつ箱の上に置いときな。ほかに荷物があればいっしょに」

と言われたから、キャップとウエストバッグも置いた。

風馬からもらったタオルは、首に巻《ま》いたままにしておく。

どぎまぎしながら廊下《ろうか》を進み、男の人は風馬のお父さんで、女の子は姉ちゃんだと、軽くなった頭で推測《すいそく》した。

その推測は、うん、当たっていた。

意外な展開《てんかい》は、もうこれ以上はないと思う。


風馬は居間《いま》で横になって、熱にうかされる。

「体調がすぐれないなら、きょうむりして来なくてもよかったのに」

お父さんが言って、おれは風馬が当初からここへ来る予定だったことをさとった。

「体はさいしょ、なんともなかったんじゃけど……」

しゃべることもままならない風馬の代わりに言った。おれが言うしかないだろ。

自転車で来たという事実を聞いて、お父さんはおどろいていた。

「あの距離《きょり》を、風馬が？」

「あたしたち、バスで来るって聞いてたのに。どうりで到着《とうちゃく》が午後になるわけだわ」

姉ちゃんはあきれている。

お父さんが救急《きゅうきゅう》につれていく、と言って、風馬をまた抱《だ》っこして出ていった。

おれと、姉ちゃんが家に残された。

「…………」

姉ちゃんは、おれをようしゃなく見つめてくる。すごい目力。風馬の目とそっくりなうえに、メガネをかけていない。この目でガン飛ばされれば、だれだってちぢこまる。風馬の幼《おさな》さは、メガネのぶあついレンズが生み出しているんだな。あいつも裸眼《らがん》なら、きっとこれじゃないか。

「なにむずかしい顔してんの？」

ベストオブむずかしい顔の姉ちゃんに、むずかしい顔してると言われてしまった。

「あ、いや、べつに」

よくも弟をあんな目にあわせてくれたわね！　的な責《せ》められ方《かた》を覚悟《かくご》していたおれは、ますますちぢこまる。

すずしい居間《いま》。ふんわりドデカクッションをふたつ駆使《くし》して、姉ちゃんはローテーブルの前を陣取《じんど》っている。

おれはカーペットに、じかに正座《せいざ》。半パンは、海水に汗《あせ》に雨に、メインは何か不明なほど汚《よご》れている。もうすでに、くつ下がカーペットを汚染《おせん》している。そのうえクッションに体をあずけでもしたら、この人に一生呪《のろ》われそうだ。

「ありがとうね」

「え」

姉ちゃんの表情《ひょうじょう》が、ゆるんでいく。

意表をつくせりふと態度《たいど》に、おれはとまどう。

「君が、風馬をつれてきてくれたんだね。あの子に頼《たの》まれたの？」

「つれてきたゆーか、頼まれたのは頼まれた」

おれはことのいきさつを話した。ただし、箕浦にはふれなかった。おれと風馬以外の登場人物は、姉ちゃんとお父さんだけにしておいた。

「ふうん、サイクリングしようって言われただけなんだ。自由研究にかこつけて」

「じゃけど、あいつには真の目的が、べつにあったんじゃの」

「真の目的！」

姉ちゃん、とたんにぎゃははと笑った。

「めっちゃ大げさなことば使うね」

「ほうか？」

出会ったばかりの子に面と向かってバカ笑いされて、ふだんなら恥《は》ずかしくてたまらんところなんだが、なぜだかおれには、この空気感というか、ノリが、ここちよかった。さっき大あわてな場面にもかかわらず、黄色いヘルメットすがたのおれを見て「土木工事のバイト帰り」とボケた姉ちゃんだ。だからかな、話しやすいのは。

「真の目的知って、おれ、びびったって」

「そりゃそうだ。尾道《おのみち》からここまで、よく保護者代《ほごしゃが》わりをつとめたよね」

「保護者代わり？」

「なまいきでしょ、風馬って。自分勝手だし、気むずかしいし」

「んー、まあ」

「それなのにさ、あの子、体が弱いし。だから君に応援《おうえん》を求めたんだと思うんだ」

「…………」

「ひとりじゃ成《な》し遂《と》げられないって気づいて、どたんばで。そういうとこ、ちゃっかりしてるっていうか、したたかっていうか」

「ううん。あいつなら、たぶんひとりでもクリアできたで。すくなくとも前半は」

正直な意見だ。

おれは何もやっていない。発作《ほっさ》のとき、ぜん息の薬を探《さが》してやっただけだ。あの一件《いっけん》も、おれがいなければ起こりえなかった。

「ううん。できてないよ」

姉ちゃんは反対する。んだよ。

「できてたって」

「できてないね」

「できた、ゆーとろうが」

「ぜったいできない」

どういう状況《じょうきょう》？　このいがみあい。

姉ちゃんが、先に笑った。

「君、名前は？」

「藤森《ふじもり》。藤森庫太郎《こたろう》」

「コタロー」

「コタでいい」

「あたしは、みはる」

「六年?」

「中一」

なんだ年上か。

「足、くずしなよ。あ、クッションどーぞ」

自分が占領《せんりょう》しているうちのひとつを、おれによこそうとした。

「ううん。体、汚《よご》れとるけぇやめとく」

「気にしぃだなぁ。風馬だってごろんと横になったのに」

おれの体は風馬以上に汚れているのだよ。海に入ったぶんな。

「ねえ」

おれは質問《しつもん》した。

「風馬とはいっしょに暮《く》らしとらんのんね」

相手は中一だし、ため口はため口でもソフトな感じを心がける。

「あの子から聞いてないの?」

「なんも聞いとらん。おれずっとあいつのこと〝さかきばらふうま〟じゃと思っとったもん。ほんまはヒロセじゃって、さっきはじめて教えてくれた」

「センシティブな話題キター」

さすが中学。おれの知らない英語を使う。

「風馬も話しにくかったのかもね。あたしも、あの子の小四の語彙《ごい》でそんな話するとこ、想像《そうぞう》したくないわ」

みはるはけろっとした顔して、答える。

「うちのお父さんとお母さん、離婚《りこん》したんだよ」

そうなのかなぁとは思っていたが、家族の人からじかに教えてもらうと、胸《むね》がどきんとした。

自分の両親のすがたが頭をよぎって、そわそわした。

「んで、あたしがお父さんと暮《く》らすことを選んで、風馬がお母さんと暮らすことを選んだってこと」

風馬の図書館利用者カードの名前。

まだ名字が榊原だったころにつくったカードだろうか。それとも、ヒロセに変わったあと、うっかりいつものくせで榊原と書いてしまったのか。利用者カードは自分で名前を書く。おれもそうした。

何も知らずに「ばりシブイ名前じゃの」と言ったおれに、「うるさいっ」と吠《ほ》えたときの風馬の心を、想像《そうぞう》した。

あいつ自身にも説明できないごちゃごちゃな感情《かんじょう》が、あいつのなかを渦巻《うずま》いていたのかもしれない。それは大島《おおしま》の潮流《ちょうりゅう》みたいに、はやくて、荒《あら》くて、えたいの知れない感情だ。

それをおれが、さらにまぜっかえしてしまったにちがいない。

「けど、どうして自転車なんかで来たのかなぁ」

みはるはクッションといっしょに声をふわふわさせる。

「あの子、幸せにやってんの？」

「わからん」

「明るくやってる？」

「知らん」

「冷たいな」

「ほんまに知らんのんよ。おれら図書館で会って、ちょっと話したことがあるくらいじゃもん」

「そうなの」

「じゃけぇ、家のこともぜんぜん知らんかった」

そのつもりはなかったのに、言《い》い訳《わけ》みたいになる。

「ふうん。でもまあ、引《ひ》っ越《こ》した先に、心を開ける友だちができてよかったわ」

「だれ」

「あんただよ、にぶいな」

「おれ？」

「うん。いいからほら、クッション使いなよ。汚《よご》れたら洗濯《せんたく》すればいいんだし」

「いらんて」

クッション、やけにいいにおいがするじゃないか。


風馬とお父さんが帰ってきた。

だいじはないそうだが、点滴《てんてき》を打って、解熱剤《げねつざい》をもらってきたらしい。きょうは安静にしておきなさい、と医者から言われたそうだ。

現在《げんざい》風馬は、居間《いま》とふすまをへだてた、畳《たたみ》の部屋でひとり寝《ね》ている。

みはるが、風馬とおれの関係と、チャリで来ることになったいきさつを、当事者のおれよりじょうずに、お父さんに伝えた。

「けっこうまえから計画してたみたいだけど、コタは急にさそわれたんだって」

「そうか……」

ぱん、とみはるは手を打ち、

「というわけだし、風馬は今夜、泊《と》まりだね」

「うん。あしたも午前だけ、仕事、半休をとることにする。父さん、尾道《おのみち》まで車で送ってくるよ」

そのほうがいいだろう。あしたの朝、風馬がけろっと全快《ぜんかい》しているとは思えない。しまなみ海道《かいどう》の往復《おうふく》は、ここでリタイアだ。

つーことは、後半はおれひとりってことだな。

しゃーない。おれが、風馬のぶんも走破《そうは》してやるか。

そうだよ、体力だけは自信があるんだ。見てろ風馬、おれがやってやる。

おいとますべく腰《こし》をあげようとしたら、

「しかし、どうして自転車なんかで……」

お父さんが、みはると同じようなことを言った。

「まったく、むちゃをして。コタくんにも大変な迷惑《めいわく》をかけてしまったね」

めいわく？

「ほんとうにもうしわけ――」

「迷惑《めいわく》なんか、かかっとらん！」

居間《いま》が、一瞬《いっしゅん》で静まりかえった。

しまった。つい大声を出してしまった。自分でもおどろいた。

だって、言いたくもなるよ。風馬は……ひとりじゃ不安だったから、おれみたいにザツな人間でも利用するしかなかったんだろ。ほかに頼《たよ》る人がいなくて。やっとたどりついたのに、悪いことした、みたいになじるなんて、そりゃないだろ。

……ううん、おれのほうこそ、だよな。きのうからずっと、あいつのことボロカス言ってたもんな。これじゃおれも、父ちゃん母ちゃんと、なんも変わらん。

真の目的を知らされず、ふゆかいなときもあった。けど、さいしょから知らされてたって、結果は同じだ。おれはみずからあいつの計画にのっかった。つごうよく、おれもあいつを利用した。大きらいな月曜日から逃げ出《にだ》したくて。

あいつはちがう。逃げたんじゃない。挑《いど》んだんだ。

だから、たしかなことは伝えなきゃ。

おれにとって風馬は、迷惑になっていない。

なったとしたらそれはきっと、ちがう何かだ。

「……コタくん。風馬は、どうだったの？」

お父さんが、おれのことをじっと見つめて、たずねる。

「尾道から、ここまでの道のり、どうだった？」

「風馬は……」

たしかなことを、伝えるんだ。

「風馬は、がんばったよ」

「がんばれたの？　風馬は」

がんばれたにきまってるじゃないか。だからここまで来れたんだ。

小さな体で、いっしょうけんめいペダルをこいで。

あなたに買ってもらったクロスバイクで。

「ほうよ。がんばったんよ」

風馬。おれ、わかったよ。おまえ、それがしたかったんだな。

しまなみ海道サイクリングを思い立った理由。真の真の、ほんとのほんとの目的。

風馬は、家族に、走りぬいた自分を見てもらいたかったんだ。

「めちゃめちゃがんばった。がんばったどころじゃないくらいがんばった」

くそ、うまく言えない。頭じゃわかっているのに、ことばが出てこない。

「走りまくったし、坂ものぼったし、雨にも耐《た》えたし」

たたかったし、負けなかったし、つらぬいたし。

まちがえそうな道も、まっすぐ走った。箕浦に、盗《ぬす》んだものを返して、あやまった。

「風馬は、かっこいかった」

あいつは、へなちょこなんかじゃなかった。

説得力《せっとくりょく》ないかな。あいつ、いま、ぶったおれてるもんな。

みはるから反論《はんろん》されそうだな。

けど、自分の弱さを知ったうえで何かに立ち向かうって、すごくないか？　おれには一ミリもない強さだ。

「そう……かっこよかったの」

「うん」

お父さんは、そう、そう、とつぶやいた。瞳《ひとみ》がきらきら光って見える。

おれは気づいた。この人はいま、おれのことを見つめているんじゃない。おれをとおして、ブルーラインをクロスバイクでかけぬける、風馬のすがたを見つめているんだ。

みはるは一度もおれの「風馬かっこいい説」を否定《ひてい》してこなかった。

風馬はほんとうに、目的を達成したんだ。

うむ一件落着《いっけんらくちゃく》。おれは腰《こし》をあげた。

「じゃあ、おれ、そろそろ帰る」

これから風馬のぶんを走りきるんだ。ひゅ〜、おれもかっこいい、と心のなかで自画自賛《じがじさん》していたら、みはるが世にもおそろしい形相でにらんできた。

「あんたバカ？」

「え」

「あんたも泊《と》まるんでしょうが」

「うそ」

「うそじゃない。それ以外の選択肢《せんたくし》があるって考えちゃうコタのほうがうそだわ。ふつう、お泊まり一択《いったく》っしょ」

「でも……」

「なんのための夏休みだと思ってるわけ」

なんのためだろう。

宿題をするためか。それとも、もっとべつのことのためか。

「ケータイ電話は持ってる？」と、お父さん。

「ううん」

「ぼくのを貸《か》すから、親御《おやご》さんに連絡《れんらく》してみなさい。……どうしてもきょう中に帰らなきゃいけないなら、ぼくが車で送っていくよ」

だけど——とお父さんは、ことばをつないだ。

「コタくんが今夜いてくれたら、風馬も安心すると思うんだ」

断《ことわ》れないじゃないか。そんなの。


風馬のお父さんのスマホで、おれは家に電話した。

母ちゃんが出た。

しまなみ海道を今治《いまばり》まで走って、そのあと友だちが体調をくずしたことを伝えた。

母ちゃんは『ありゃぁ、そりゃぁいけんねぇ』と、心配そうだった。

『ほいで、いま、あんたどこでどうしょうるんね』

「ええと、その友だちの家に……」

なんと言えばいいのか迷《まよ》う。

迷《まよ》っているわりに、おれ、風馬のことをすらっと「友だち」なんて説明しちゃってる。みはるのおかげかな。

「ちょっと代わってくれる？」

風馬のお父さんが言った。

「もしもし、ヒロセ風馬の父です。このたびはご心配をおかけしまして、まことに恐縮《きょうしゅく》です。

──いいえいいえ、お世話になっているのは息子《むすこ》のほうです」

落ち着いた口調で、お父さんはおれの母ちゃんと話す。

予想以上にスムーズに、榊原家に一泊《ぱく》する許可《きょか》をもぎ取った。

「それでは、よろしくどうぞ。コタローくんに代わりますね」

お父さんはおれに再度《さいど》バトンタッチ。

「もしもし。ま、そういうことじゃけぇ」

『あんた、一泊お世話になるんじゃったら、おとなしゅうしとるんよ』

「わかっとるよ」

『ほんまにもう、あんなきちゃない自転車で……たいがいにしんさい』

あれ、話の矛先《ほこさき》がずれてきている。

待ってくれ。こわれたのはうちのチャリじゃなくて、風馬の体だ。

「とにかくあしたの午前中に帰るわ」

『榊原さんに、きちんとお礼言うんよ。帰ってきたら、お店のほうから入ってね。裏《うら》のほうはきちゃないけぇ』

きちゃないものを人さまに見られるのを、やたらいやがる母ちゃん。ドン引きするほど汚《よご》れた服装《ふくそう》で榊原家におじゃましたと知ったら、卒倒《そっとう》しそうだ。

「わかったけぇ、ほいじゃぁね」

おれは風馬のお父さんにスマホを返した。

「あ、そういえば」

「何?」と、お父さん。

「風馬のスマホが、雨でぬれてこわれとるんよ」

尾道で仕事中であろうお母さんと、音信不通の状態《じょうたい》ではないかと、おれは気になったのだ。

するとみはるが、

「はい、お父さん」

自分のスマホを、お父さんにさしだした。

「お母さんにメッセージ送ったら、すぐ電話かかってきた」

知らないうちに、みはるはつぎの一手をくりだしていたようだ。

お父さんは立ち上がり、みはるのスマホを持って、廊下《ろうか》へ出ていった。

「……もしもし……みすず……うん、ぼくだ」

みはるはおれと目をあわせ、肩《かた》をすくめた。


シャワーを借りた。

来島海峡大橋《くるしまかいきょうおおはし》で遭遇《そうぐう》したどしゃぶりを風呂代《ふろが》わりだとのたまったのは、どこのどいつだ。おれだ。

全面的に訂正《ていせい》する。雨とシャワーはぜんぜんちがう。温度調節を冷たいほうへグイッとまわす。日焼けした首すじに、あー気持ちいい。

衣類と首に巻《ま》いていたタオルは、風馬のといっしょに、みはるが洗濯《せんたく》と乾燥《かんそう》にかけてくれた。

風馬用の着替《きが》えはあったようだが、おれのはない。乾燥が終わるまでは、腰《こし》にバスタオルを巻いた状態《じょうたい》で、お父さんの浴衣《ゆかた》を借りて着た。ビッグサイズで、すそがあまりまくり。しばらくのしんぼうだ。

夕ご飯はカレーだった。

お父さんとみはる、ふたりで台所に立って、つくっていた。

おれはつけっぱなしのテレビと台所を交互《こうご》にながめて、ひまをつぶした。

カレーが完成したとき、ふすまがあいた。

「風馬、ちゃんと寝《ね》てなよ」

「寝すぎて、背中《せなか》が痛《いた》い」

ゆーほど長時間、寝ていないと思うが、明るい時間から寝るのは苦痛《くつう》なものかもな。

みはるが、ほれ、と体温計を渡《わた》す。

風馬はふんわりドデカクッションにおしりをしずめて、わきの下に体温計をはさんだ。

「三十六度、八分」

「さがったね。解熱剤効果《げねつざいこうか》だ」と、みはる。

おれも一安心だ。

「風馬もいっしょに食べるか」

お父さんに、風馬はこくりとうなずいた。

異色《いしょく》の四人で食卓《しょくたく》をかこむ。いやこの場合、異色なのはおれひとりなんだよな。

「コタくん、きのこ類は食べられるかい」

「あ、うん。大好物」

「えらいねコタは。風馬は好ききらいが多いんだよ」

「きのこは好きだし」

風馬はみはるに反論《はんろん》した。

おれはでかめにカットされたエリンギを口いっぱいにほおばった。

榊原家のきのこづくしカレーはおいしかった。

ごちそうさまをしたあと、みはるが風馬の前にスマホを置いた。

「お母さんに電話しな」

「ああ、そうだね、風馬、そうしなさい」

風馬は、みはるのスマホを持ってテーブルをはなれた。

「はは」

みはるが口をパカッとひらいて笑った。

「どしたの」とたずねたお父さんに、みはるは「なんでもない」と返した。

おれには、みはるが笑った理由がわかった。

スマホを持っていった風馬の動作が、お父さんとそっくりだったからだ。

畳《たたみ》の部屋で風馬と布団《ふとん》をならべて、寝《ね》ることになった。

榊原家に入ってからずっと――じつはカレーを食べていたときも――おれらは口をきいていなかった。

「風馬」

「うん」

暗い天井《てんじょう》。照明の豆電球だけが灯《とも》っている。

「姉ちゃんから聞いたで。自分の母ちゃんには、今治までバスで行くって、うそついたんじゃろ」

「……自転車で行くって言ったら、とめられると思って」

「さっき電話するまでバレてなかったんか」

「うん、なんとか。因島《いんのしま》のビーチで休憩《きゅうけい》したときに『今治に着いた』ってメッセージ送っておいたから」

しかもお父さんのほうへはあらかじめ「お昼ごろ行く」と伝えていたらしい。

「頭脳派《ずのうは》じゃのう。けどあんとき風馬、スマホいじっとったっけ？」

「コタが海に入ってってたときだから」

「あ、なるほどの」

おのれのバカさかげんを思い出す。

「ほんで、電話で母ちゃんに、なんて言われたん？」

「『自転車で行くなんて、何してんの』って怒《おこ》られた」

「じゃろうの。おれもほぼほぼおんなじこと言われたわ。『きちゃない自転車で、たいがいにしんさい』って」

「ぼくがむりやりさそったせいだよね」

「気にすんな。せっかくじゃし、おれの自由研究にサイクリングネタ、パクらせてもらおうかと思っとるわ」

「ご自由に。……往復《おうふく》できなかったけどね」

「半分でも、じゅうぶんじゃ。それより体のほうは、だいじょうぶなんか」

「もう平気」

やっぱり風馬はそう答える。

おれは自分にうんざりした。

「あー、『だいじょうぶか』って聞いたらいけんのんじゃけどのぉ」

「どうして？」

「こう聞いたら、たいていの人は反射的《はんしゃてき》に『だいじょうぶ』って言ってしまうんよ。だいじょうぶじゃなくてもの」

ところが、おれの知識《ちしき》はまちがっていたらしい。風馬が教えてくれた。

「それさ、たぶん、他人同士《たにんどうし》にかぎった場合だよ。こまってそうな人を見かけて、親切心から『だいじょうぶですか』って声をかけたら、相手がえんりょして『はい』って答えちゃうって話でしょ」

「ん、そー……なんかな」

「ぼくには『だいじょうぶか』でいいんだよ」

風馬の声は小さくても、くっきりしていた。

「だからさ、ぼく、いま、ほんとに平気。ほんとにだいじょうぶ」

「よし。わかった」

この部屋、ひそひそ話をするのにベストな環境《かんきょう》だな。

かけ布団《ぶとん》代《が》わりのタオルケット。弱めのクーラーと、人んちのにおい。豆電球の明かりがちょうどいい。

「おまえのチャリは、ほんまええチャリじゃの」

おまえ、がんばったの、と直接《ちょくせつ》言うのが、この期《ご》におよんでむずがゆかったおれは、風馬のクロスバイクをほめた。

「……うん」

いつか、お父さんに買ってもらったチャリ。

駐輪場《ちゅうりんじょう》で静かに待機しているクロスバイクを思った。

夏休みがなんのためにあるのかなんて、おれにはわからん。

わかるのは、風馬のチャリが、この日のためにあったということだけだ。

「よかったの、自力でここまで走れて」

「コタもね。ママチャリでよくやったよ」

「えらっそうに」

おれはヘッと、風馬はフッと笑った。

「遠かったか？」

今治までの道のりは、長かったか。

「うーん。すっごくしんどかったのに、けっこう近く感じた気もする」

近く感じたなんて、発作《ほっさ》や発熱を体験したやつの言うことじゃないだろ。

「ひとりだったら、たぶんめっちゃ遠く感じたと思う。コタがいっしょだったから、近く感じたのかも」

「そっか」

「ブルーラインも引いてあるし、わかりやすかった。迷子《まいご》にならなかったもん」

「また言えや」

「え？」

おれらのふだんの生活って、ブルーラインみたいにシンプルじゃない。家族のこととか友だちのこととか、ややこしいことだらけで、しょっちゅう道に迷《まよ》ってる気がする。

それにくらべりゃ、尾道から今治までのルートなんてしれてるよ。

けど、ややこしくはないにしても、ブルーラインのアップダウンだって、なかなかだろ。

「走りたくなったら、また言えや」

いつでもおれが、ついていっちゃらぁ。

「コタ」

うとうとしはじめたころ、風馬の声が、かすかに聞こえた。

「はじめて話しかけてくれた日、『うるさい』って言って、ごめん」

ええよ、もう。

おれは朝まで爆睡《ばくすい》した。

9 藤森家《ふじもりけ》

風馬《ふうま》のお父さんが、大きな白い車の三列目のシートをたたんで、二台のチャリを積んだ。そのままだときびしかったらしく、クロスバイクの前輪を分解《ぶんかい》した。すきまに風馬のリュックを置く。

おれのウエストバッグは腰《こし》につけたままだ。ばっちり乾《かわ》いたタオルも首に巻《ま》きなおした。

風馬が助手席に乗り、おれは二列目のシートへ。後ろの自転車のせいで足元がせまいが、ぎりぎり座《すわ》れた。

「それじゃ、行ってくる」

「いってらっしゃい。気をつけてね」

午前七時半。塾《じゅく》の夏期講習《かきこうしゅう》があるというみはるに見送られて、おれらは出発した。

車は自動車専用道路《せんようどうろ》に入り、来島海峡大橋《くるしまかいきょうおおはし》、伯方《はかた》・大島大橋《おおしまおおはし》、大三島橋《おおみしまばし》——と、おれらが必死こいて渡《わた》ってきた橋を、なんなく越《こ》えていった。

「……この道を、君らは走ってきたんだね」

多々羅大橋《たたらおおはし》の上で、ハンドルをにぎるお父さんは、かみしめるように言った。

「いい道だなぁ」

バックミラーに映《うつ》ったお父さんの顔は、まぶしそうで、目尻《めじり》にしわをいっぱいつくっていた。

空が、しまなみが、どこまでもつづいている。


新尾道大橋《しんおのみちおおはし》を渡って、尾道水道《おのみちすいどう》を越えた。本州にぶじ帰還《きかん》だ。

バイパスから市街地へおりてゆく。

家の場所の説明がむずかしいので、信号待ちのときに住所をカーナビに入れてもらった。

「へえ。コタくんちは、理髪店《りはつてん》をやってるんだ」

家が近づくにつれ、胸《むね》のドキドキが強くなってくる。

なりゆきで、風馬とお父さんを、おれんちへつれていくことになってしまった。

これ、もっともおそれていた展開《てんかい》じゃないか。いまさら気づく。友だちを、自分ちに招《まね》くとは。あいさつをかわすだけだろうし、招くってほどではないにしても。

まともな駐車《ちゅうしゃ》スペースがないので、家から南下したところにあるコインパーキングに車をとめた。

ママチャリをおろして、押《お》す。

一歩一歩が重い。しまなみ海道《かいどう》の坂のほうがマシだ。なのに家にはすぐ着いてしまうのだから、はがゆい。

店の前にチャリを置き、気後《きおく》れしつつも、入り口から入る。

風馬のお父さんが「ごめんください」とあとにつづいた。

「おー、おかえり」

「まあまあ、わざわざどうも」

父ちゃんも母ちゃんも、奥《おく》から出てきた。

思いのほか、ふたりの態度《たいど》がおとなしかった。急に一晩《ひとばん》人んちに世話になってしまって、場合によってはガンガンにキレられる可能性《かのうせい》も、と覚悟《かくご》していたのに。

まあ、家出したわけじゃないし、説教するほどのことでもなかったのかな。もしかすると昨《さく》晩《ばん》、話をしたのかも。おれがしまなみ海道をママチャリで走破《そうは》したことをきっかけに、ふたりで何かを話したのかもしれない。

「風馬が、ほんとうにお世話になりました」

「いいえいいえ、こちらこそ、すみません」と、母ちゃん。

「コタローくんは、なんというか、恩人《おんじん》です」

大げさなことをぽろっと言っちゃったからか、お父さん、声がちょっぴりふるえている。

母ちゃんなんて、つられるように鼻水をすすっている。

まさか万年内乱状態《まんねんないらんじょうたい》のおれんちで、父ちゃん母ちゃんをメインキャストに、ほっこりいいシーンがおがめるとは思わなかった。

これはこれで、たえられん。

おれは風馬のTシャツのそでをひっぱって、ふたりだけで外に出た。

「風馬んちって、どこなん？」

まだ知らないんだよな、おれは風馬の家を。

「駅の向こう」

風馬は西のほうを指さした。

「ふくねこホーニャっていう古民家カフェがあるあたり」

「はいはい、あっこらへんか。チャリで行きゃ、すぐのとこじゃの」

おれはママチャリのサドルをポンと手ではたいて、「あっ」とさけんだ。

「しくった。返さにゃいけんかったのに」

取れかけた前かごに入ったままの黄色い物体は、カワバタ設備《せつび》のヘルメットだ。

「ほんとだ。ぼく、このあとお父さんと返しに行ってくるよ」

おればしばし考えて、風馬の申し出を「いいや」と断《ことわ》った。

「おれが借りたもんじゃ。おれが返しに行く」

借りる交渉《こうしょう》をしたのは風馬だが、使わせてもらったのはおれだ。

「じゃあ、いっしょに行こう」

「…………」

「このあとすぐは、むりかもだけど、あしたなら、きっと行ける。コタもボロいママチャリで、ひとりじゃ不安でしょ」

「おれの母ちゃんの前でだけは『ボロいママチャリ』って言うなや」

「ごめん、もう言わない」

風馬が〝お口にチャック〟のジェスチャーをしたので、おれはこらえきれず、ふきだした。

「それ、ぜったい心のなかでは言うやつじゃんね」

「心のなかでも言わない」

「うそつけ」

お父さんが店から出てくるころには、あしたの待ち合わせ時間が決まっていた。

「それじゃコタくん、ありがとう。これからも風馬のことをよろしくね」

「うん」

お父さんが、風馬の背中《せなか》に手をそえて、歩いていく。

一度、風馬はこちらをふりかえった。

手をふろうかと思ったら、あいつはすぐに前へ向きなおった。

おれはママチャリのハンドルをにぎって、スタンドを上げた。

いや、どこにも行かんよ。裏《うら》に置きに行くだけ。

けっきょく自転車屋にはよれずじまいだったが、タイヤチューブはまだ生きているようだ。どんだけタフなんだ、こいつ。ほれるわ。

おつかれさん、ボロいママチャリ。

裏の物置のとなりで、スタンドを立てる。

さぁて、きょうはこれからどーすっかなぁ。やっぱ図書館、行くか。こないだ風馬が読んでた本、あれ読まなきゃ。

そのまま庭に入って、縁側《えんがわ》のじいちゃんと顔をあわせる。

「こーたー」

じいちゃんの発音だと、おれのあだ名は「コータ」に聞こえる。

「じいちゃん、おはよ」

「どっかに行くんかぁ」

「うん、まあの。行くんじゃのうて、行ってきたんじゃけど」

こまかいことはいい。これでも今朝のじいちゃんは、頭んなかがすっきりしているようだ。

きょうの天気に似《に》ている。

「油断《ゆだん》しちゃぁいけんど。島ん天気は変わりやすいけぇのう」

じいちゃん、おれがどこへ行くと思っているのだろう。

「うん。油断はいけんよね。おれ、どえらい雨にあったわ」

おれは縁側に腰《こし》かけた。

「でっかい橋の上での。逃《に》げ道《みち》はどこにもない。あげくにチャリのタイヤはパンク」

「ありゃぁ。ほいで、どうしたんじゃ、こーたー」

——話してみんさい。

いつもは自分がくっちゃべってばっか（しかもおんなじ話ばっか）のじいちゃんが、おれに話をふってきた。

ええで話しちゃる。

はや起きした夏休みの朝って長いんだよな。図書館に行くにしても、開くのは十時だ。

よっしゃ、じいちゃん、ひまつぶしにつきあってくれ。


マジやってられんわ、ばりしんどい。


おれは、きのうのいまごろ向島《むかいしま》を走りながらぼやいたせりふから、スタートした。

文句《もんく》たらたらな語り口に、じいちゃんはぽかんとしている。

じいちゃん、あきれるのはまだはやいで。

物語は、こっからよ。

あとがき

林けんじろう

二〇二二年七月三十日。

僕《ぼく》は妻《つま》のサポートのもと、実際《じっさい》に自転車でしまなみ海道《かいどう》を走り、そのときに見たこと感じたことを参考に『ブルーラインから、はるか』を執筆《しっぴつ》しました。あの日は比較的《ひかくてき》気温も低く、とても快適《かいてき》なサイクリングができました。

しかし翌年《よくねん》の夏。全国的にも酷暑《こくしょ》にみまわれ、気温が四十度近くまで達する日が連続し、「こんな暑さだとロングライドは無理だよな……」と複雑《ふくざつ》な心境《しんきょう》になりました。

夏は本来、襲《おそ》ってくるものではなく、たくさんのワクワクをたずさえて巡《めぐ》ってくるものです。『ひと夏の冒険《ぼうけん》』というフレーズが、危険《きけん》を冒《おか》すという意味に変わってしまうのは悲しいですよね。

これからの夏、未来の夏が、生き生きと過《す》ごせる季節であるために、僕《ぼく》らに何ができるのか。そんなことも考えながら、創作《そうさく》を続けています。


最後に、今回の旅で出会った人たちへ。

公益財団法人《こうえきざいだんほうじん》ちゅうでん教育振興財団《きょういくしんこうざいだん》の皆様《みなさま》、

斉藤洋《さいとうひろし》先生、富安陽子《とみやすようこ》先生、山極寿一《やまぎわじゅいち》先生をはじめとする選考委員の皆様、
中学生のとき自由研究で東京までサイクリングした、さくら賞受賞者《しょうじゅしょうしゃ》・永井昂《ながいこう》くん、
尾道《おのみち》に関していろいろご教授《きょうじゅ》いただいた森《もり》ユリエさんと、地元の親友、新道貴志《しんどうたかし》、
取材でお世話になった、尾道市立中央図書館《おのみちしりつちゅうおうとしょかん》の館長、奥田浩久《おくだひろひさ》さん、主任《しゅにん》の西原愛子《にしはらあいこ》さん、
改稿《かいこう》に際《さい》し、適切《てきせつ》なアドバイスをくださった講談社《こうだんしゃ》・児童図書編集部《へんしゅうぶ》の田久保遥《たくぼはるか》さん、
最高にかっこいい装幀《そうてい》に仕上げてくださった城所潤《きどころじゅん》さん、
瀬戸内《せとうち》の景色を、美しく、のびやかに描《えが》いてくださった坂内拓《ばんないたく》さん、
そして、僕の心に生まれてきてくれた、コタと風馬《ふうま》、

この旅で、僕が出会った人たちへ、
それぞれの旅の途中《とちゅう》で、この本と出会ってくれた人たちへ、
大いなるサンキューを！

ところで田久保さん。
次、尾道から出雲《いずも》まで旅する物語って、どうっすかね？
時は神在月《かみありづき》。出雲の国に集まった八百万《やおよろず》の神に〇〇しようと企《たくら》む少年たち——!?

ちゅうでん児童文学賞受賞作品

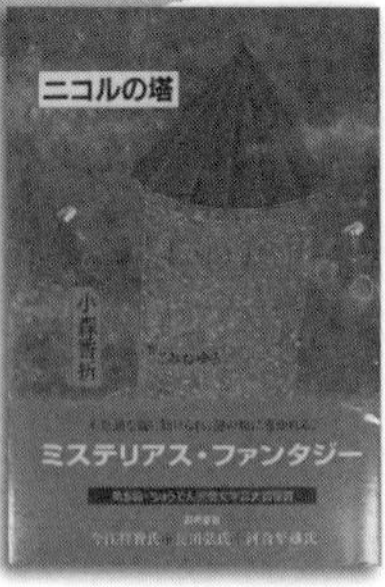

ニコルの塔
小森香折 作　こみねゆら 絵
BL出版

時の扉をくぐり
甲田　天 作　太田大八 絵
BL出版

みどパン協走曲
黒田六彦 作　長谷川義史 絵
BL出版

キス
安藤由希 作　ささめやゆき 絵
BL出版

いっしょにアンべ！
高森美由紀 作　ミロコマチコ 絵
フレーベル館

カントリー・ロード
阪口正博 作　網中いづる 絵
BL出版

ニメートル
横山　佳 作　高畠那生 絵
BL出版

とうちゃんと
ユーレイババちゃん
藤澤ともち 作　佐藤真紀子 絵
講談社

ショクパンのワルツ
ながすみつき 作　吉田尚令 絵
フレーベル館

赤いペン
澤井美穂 作　中島梨絵 絵
フレーベル館

みつきの雪
眞島めいり 作　牧野千穂 絵
講談社

夕焼け色の
わすれもの
たかのけんいち 作　千海博美 絵
講談社

わたしの空と
五・七・五
森埜こみち 作　山田和明 絵
講談社

雪の日に
ライオンを見に行く
志津栄子 作　くまおり 純 絵
講談社

シャンシャン、
夏だより
浅野 竜 作　中村 隆 絵
講談社

ベランダに手をふって
葉山エミ 作　植田たてり 絵
講談社

林《はやし》けんじろう

1974年、広島県生まれ。奈良県在住。1997年、大阪芸術大学映像学科卒業。2003年、大阪芸術大学大学院修士課程修了。第62回講談社児童文学新人賞佳作『星屑すぴりっと』（講談社）で、第52回児童文芸新人賞受賞。他の著書に第17回ジュニア冒険小説大賞受賞作『ろくぶんの、ナナ』（岩崎書店）など。

本作品は、第25回ちゅうでん児童文学賞大賞受賞作品「なまいきサイクリストと、ブルーライン」を改題したものです。

講談社❖文学の扉
ブルーラインから、はるか

2024年5月21日　第1刷発行
2024年10月29日　第2刷発行
作／林《はやし》けんじろう
絵／坂内拓《ばんないたく》
発行者／安永尚人
発行所／株式会社講談社
〒112-8001　東京都文京区音羽2-12-21
電話　編集 03-5395-3535
販売 03-5395-3625
業務 03-5395-3615
KODANSHA
印刷所／共同印刷株式会社
製本所／株式会社若林製本工場
本文データ制作／講談社デジタル製作
装丁／城所潤（JUN KIDOKORO DESIGN）

Printed in Japan　N.D.C.913　159p　20cm　ISBN978-4-06-535558-9